I0668713

EX LIBRIS COLLEN

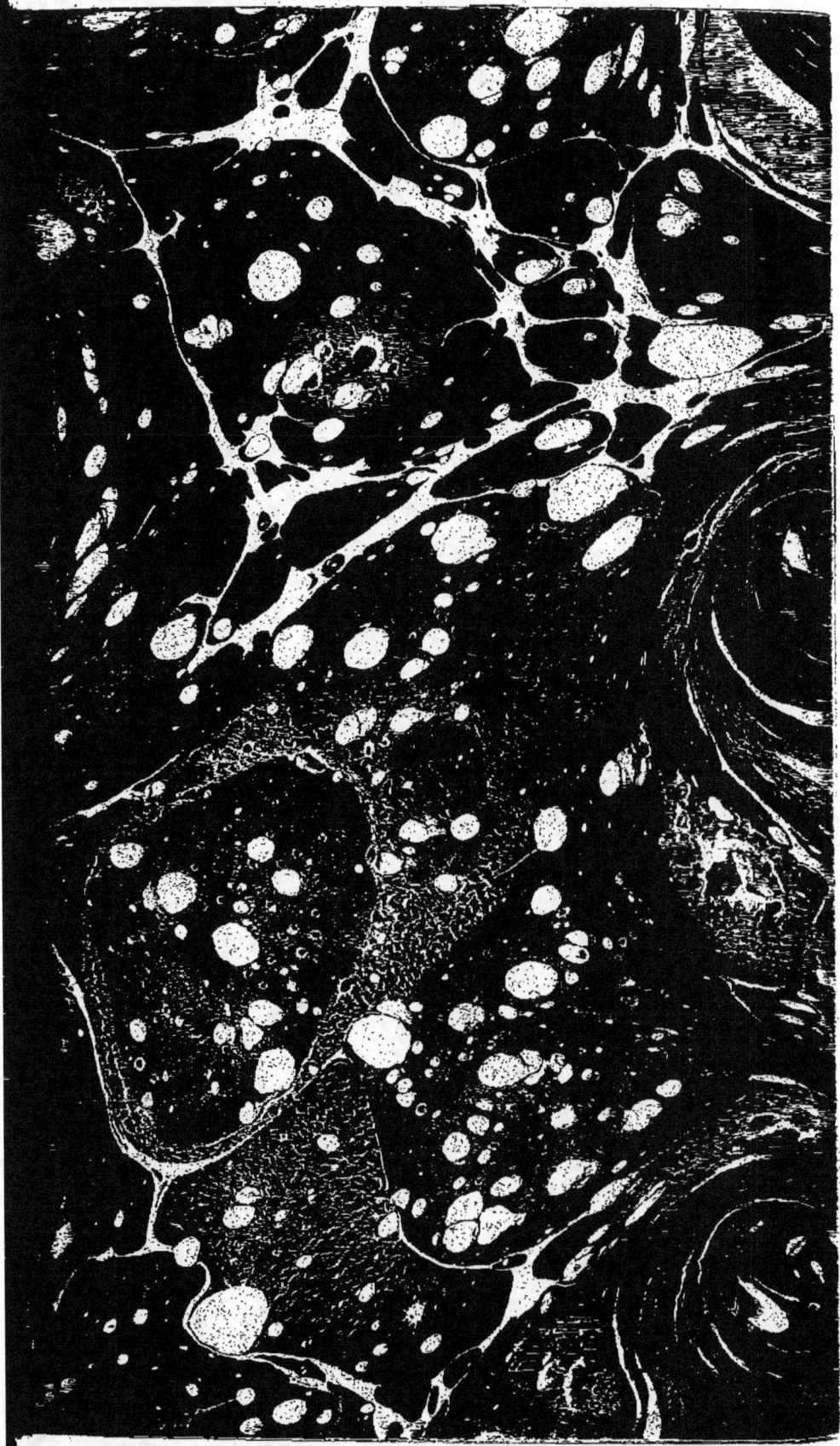

Yf 451A - 451

LES
COMEDIES

DE MONSIEUR
DE MARIVAUX,

*Joüées sur le Théatre de l'Hôtel de
Bourgogne, par les Comédiens
Italiens ordinaires du Roy.*

TOME SECOND.

A PARIS,

Chez B R I A S S O N, Libraire, ruë saint
Jacques, à la Science.

___

M. DCC. XXXII.
Avec Approbations & Privilége du Roi.

TOME SECOND.

LA FAUSSE SUIVANTE.

L'ISLE DES ESCLAVES.

L'HERITIER DE VILLAGE.

LE JEU DE L'AMOUR ET DU HASARD.

———————

L'on trouve aussi dans la même Boutique les autres Comédies de cet Auteur.

LA FAUSSE SUIVANTE,

OU

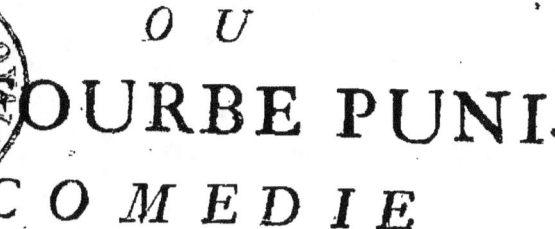

LE TOURBE PUNI.

COMEDIE

EN TROIS ACTES.

Représentée pour la premiere fois par les Comédiens Italiens ordinaires du Roi, sur le Théâtre de l'Hôtel de Bourgogne, le Samedi 8 Juillet 1724.

A PARIS,

Chez BRIASSON, ruë S. Jacques,
à la Science.

BIBLIOTHEQUE ROYALE

PIECES DU THEATRE ITALIEN
de M. DE MARIVAUX, qui fe vendent chez le même Libraire.

Arlequin poli par l'Amour, Comédie.
La Surprife de l'Amour, Comédie.
La double Inconftance, Comédie.
Le Prince travefti, Comédie.
La Fauffe Suivante, Comédie.
L'Ifle des Efclaves, Comédie.
L'Héritier de Village, Comédie.
Le Jeu de l'Amour & du Hazard, Comédie.

Le même Libraire vend auffi :

Le Théâtre Italien, ou Recueil général de toutes les Comédies & Scènes Françoifes, repréfentées par les Comédiens Italiens du Roi, avec les airs gravés & les Figures à chaque Comédie, par Gherardi, *in-12. 6 vol. figures.* 1741.

Le nouveau Théâtre Italien, ou Recueil des Piéces repréfentées par les Comédiens Italiens ordinaires du Roi, depuis leur établiffement en 1716, jufqu'à préfent : avec les airs des Vaudevilles gravés à la fin de chaque Volume. *9 vol. in-12.* 1733.

Les Parodies du Théâtre Italien, avec les airs gravés, 4 *vol. in-12,* 1738.

Les Comédies purement Italiennes, repréfentées par les Comédiens Italiens, fous le titre de Nouveau Théâtre Italien de Riccoboni, avec les Traductions Françoifes. *3 vol. in-12.* 1733.

Le Théâtre de Mlle. Barbier. *in-12.* 1745.

Le Théâtre de M. de Brueys. *in-12. 3 vol.* 1735.

Le Théâtre de M. Palaprat. *in-12.* 1735.

Les Oeuvres de M. du Freíny. *in-12. 4 vol.*

ACTEURS.

LA COMTESSE.

LELIO.

LE CHEVALIER.

TRIVELIN, Valet du Cheva-
yalier.

ARLEQUIN, Valet de Lelio.

FRONTIN, autre Valet du
Chevalier.

PAYSANS & Payfannes.

DANSEURS & Danfeufes.

*La Scéne eft devant le Château
de la Comteffe.*

LA FAUSSE
SUIVANTE,

OU

LE FOURBE PUNI.

COMEDIE.

ACTE PREMIER.

SCENE PREMIERE.

FRONTIN, TRIVELIN.

FRONTIN.

E pense que voilà le Seigneur Tri-
velin : c'est lui-même. Eh ! com-
ment te porte-tu, mon cher ami ?

TRIVELIN.

A merveille, mon cher Frontin, à merveille. Je n'ai rien perdu des vrais biens

A iij

que tu me connoiſſois ; ſanté admirable, &
grand appétit : mais toi, que fais-tu à préſent ? Je t'ai vu dans un petit négoce qui
t'alloit bien-tôt rendre Citoyen de Paris :
l'as-tu quitté ?

FRONTIN.

Je ſuis culbuté, mon enfant ; mais toi-
même, comment la fortune t'a-t'elle traité
depuis que je ne t'ai vû ?

TRIVELIN.

Comme tu ſçais qu'elle traite tous les
gens de mérite.

FRONTIN.

Cela veut dire très-mal

TRIVELIN.

Oui. Je lui ai pourtant une obligation :
c'eſt qu'elle m'a mis dans l'habitude de me
paſſer d'elle : je ne ſens plus ſes diſgraces,
je n'envie point ſes faveurs, & cela me
ſuffit : un homme raiſonnable n'en doit
pas demander davantage. Je ne ſuis pas
heureux ; mais je ne me ſoucie pas de l'ê-
tre : voilà ma façon de penſer.

FRONTIN.

Diantre, je t'ai toujours connu pour un
garçon d'eſprit, & d'une intrigue admirable ; mais je n'aurois jamais ſoupçonné que
tu deviendrois Philoſophe. Malpeſte, que
tu es avancé ! tu mépriſe déja les biens de
ce monde !

TRIVELIN.

Doucement, mon ami, doucement : ton admiration me fait rougir, j'ai peur de ne la pas mériter ; le mépris que je crois avoir pour les biens, n'eſt peut-être qu'un beau verbiage ; & à te parler confidemment, je ne conſeillerois encore à perſonne de laiſſer les ſiens à la diſcrétion de ma philoſophie ; j'en prendrois, Frontin, je le ſens bien, j'en prendrois à la honte de mes réfléxions. Le cœur de l'homme eſt un grand fripon.

FRONTIN.

Hélas ! je ne ſçaurois nier cette vérité-là, ſans bleſſer ma conſcience.

TRIVELIN.

Je ne la dirois pas à tout le monde ; mais je ſçai bien que je parle pas à un profane.

FRONTIN.

Eh ! dis-moi, mon ami, qu'eſt-ce que c'eſt que ce paquet-là que tu portes ?

TRIVELIN.

C'eſt le triſte bagage de ton ſerviteur ; ce paquet enferme toutes mes poſſeſſions.

FRONTIN.

On ne peut pas les accuſer d'occuper trop de terrain.

TRIVELIN.

Depuis quinze ans que je roule dans le

A iiij

monde, tu fçais combien je me fuis tour-
menté; combien j'ai fait d'efforts pour arriver à un état fixe. J'avois entendu dire
que les fcrupules nuifoient à la fortune; je
fis tréve avec les miens, pour n'avoir rien
à me reprocher. Etoit-il queftion d'avoir
de l'honneur? j'en avois : falloit-il être
fourbe? j'en foupirois, mais j'allois mon
train. Je me fuis vû quelquefois à mon
aife; mais le moyen d'y refter avec le jeu,
le vin & les femmes? comment fe mettre
à l'abri de ces fleaux-là?

FRONTIN.

Cela eft vrai.

TRIVELIN.

Que te dirai-je enfin? tantôt maître, tantôt valet, toujours prudent, toujours in-
duftrieux, ami des fripons par intérêt, ami
des honnêtes gens par goût; traité poliment fous une figure, menacé d'étriviéres
fous une autre, changeant à propos de mé-
tier, d'habits, de caractéres, de mœurs,
rifquant beaucoup, réfiftant peu, libertin
dans le fond, réglé dans la forme, démaf-
qué par les uns, foupçonné par les autres,
à la fin équivoque à tout le monde; j'ai tâté
de tout, je dois par tout : mes créanciers
font de deux efpéces; les uns ne fçavent
pas que je leur dois, les autres le fçavent

& le sçauront long-tems. J'ai logé par tout, sur le pavé, chez l'aubergiste, au cabaret, chez le bourgeois, chez l'homme de qualité, chez moi, chez la Justice, qui m'a souvent recueilli dans mes malheurs ; mais ses appartemens sont trop tristes, & je n'y faisois que des retraites : enfin, mon ami, après quinze ans de soins, de travaux & de peines, ce malheureux paquet est tout ce qui me reste ; voilà ce que le monde m'a laissé. L'ingrat ! après ce que j'ai fait pour lui, tout ce paquet ne vaut pas une pistole.

FRONTIN.

Ne t'afflige point, mon ami. L'article de ton récit qui m'a paru le plus désagréable, ce sont les retraites chez la Justice ; mais ne parlons plus de cela. Tu arrives à propos ; j'ai un parti à te proposer : cependant qu'as-tu fait depuis deux ans que je ne t'ai vû ? & d'où sors-tu à présent ?

TRIVELIN.

Primo. Depuis que je ne t'ai vû, je me suis jetté dans le service.

FRONTIN.

Je t'entens ; tu t'es fait soldat : ne serois-tu pas déserteur par hazard ?

TRIVELIN.

Non, mon habit d'ordonnance étoit une livrée.

FRONTIN.

Fort bien.

TRIVELIN.

Avant que de me réduire tout-à-fait à cet état humiliant, je commençai par vendre ma garderobe.

FRONTIN.

Toi, une garderobe ?

TRIVELIN.

Oui, c'étoit trois ou quatre habits que j'avois trouvé convenables à ma taille chez les Fripiers, & qui m'avoient servi à figurer en honnête homme : je crus devoir m'en défaire, pour perdre de vuë tout ce qui pouvoit me rappeller ma grandeur passée : quand on renonce à la vanité, il n'en faut pas faire à deux fois. Qu'est-ce que c'est que se ménager des ressources ? Point de quartier ; je vendis tout : ce n'est pas assez, j'allai tout boire.

FRONTIN.

Fort bien.

TRIVELIN.

Oui, mon ami, j'eus le courage de faire deux ou trois débauches salutaires, qui me vuiderent ma bourse, & me garantirent ma persévérance dans la condition que j'allois embrasser ; de sorte que j'avois le plaisir de penser en m'enyvrant que c'étoit la raison

qui me verſoit à boire. Quel nectar ! En-
ſuite, un beau matin, je me trouvai ſans
un ſol : comme j'avois beſoin d'un prompt
ſecours, & qu'il n'y avoit point de tems à
perdre, un de mes amis que je rencontrai
me propoſa de me mener chez un honnête
particulier qui étoit marié, & qui paſſoit ſa
vie à étudier des langues mortes ; cela me
convenoit aſſez, car j'ai de l'étude. Je re-
ſtai donc chez lui. Là, je n'entendis parler
que de Sciences ; & je remarquai que mon
Maître étoit épris de paſſion pour certains
Quidans, qu'il appelloit des Anciens, &
qu'il avoit une ſouveraine antipatie pour
d'autres, qu'il appelloit des Modernes : je
me fis expliquer tout cela.

FRONTIN.
Et qu'eſt-ce que c'eſt que les Anciens &
les Modernes ?

TRIVELIN.
Des Anciens ; attends, il y en a un dont
je ſçais le nom, & qui eſt le capitaine de la
bande ; c'eſt comme qui te diroit un Ho-
mere. Connois-tu cela ?

FRONTIN.
Non.

TRIVELIN.
C'eſt dommage ; car c'étoit un homme
qui parloit bien Grec.

FRONTIN.

Il n'étoit donc pas François cet homme-
là ?

TRIVELIN.

Oh que non : je pense qu'il étoit de
Quebec, quelque part dans cette Egypte,
& qu'il vivoit du tems du Déluge : nous
avons encore de lui de fort belles Satyres ;
& mon Maître l'aimoit beaucoup, lui &
tous les honnêtes gens de son tems, comme Virgile, Neron, Plutarque, Ulysse &
Diogene.

FRONTIN.

Je n'ai jamais entendu parler de cette
race-là : mais voilà de vilains noms.

TRIVELIN.

De vilains noms ! c'est que tu n'y es pas
accoutumé : sçais-tu bien qu'il y a plus d'esprit dans ces noms-là que dans le Royaume
de France ?

FRONTIN.

Je le crois. Et que veulent dire les Modernes ?

TRIVELIN.

Tu m'écartes de mon sujet ; mais n'importe : les Modernes, c'est comme qui diroit. . . . toi, par exemple.

FRONTIN.

Ho, ho, je suis un moderne, moi !

TRIVELIN.

Oui vraiment tu es un moderne, & des plus modernes; il n'y a que l'enfant qui vient de naître qui l'eſt plus que toi, car il ne fait que d'arriver.

FRONTIN.

Eh! pourquoi ton Maître nous haïſ-ſoit-il?

TRIVELIN.

Parce qu'il vouloit qu'on eut quatre mille ans ſur la tête pour valoir quelque choſe. Oh! moi, pour gagner ſon amitié, je me mis à admirer tout ce qui me paroiſſoit ancien; j'amois les vieux meubles, je louois les vieilles modes, les vieilles eſpéces, les médailles les lunettes; je me coëffois chez les crieuſes de vieux chapeaux; je n'avois commerce qu'avec des vieillards; il étoit charmé de mes inclinations; j'avois la clef de la cave, où logeoit un certain vin vieux qu'il appelloit ſon vin grec: il m'en donnoit quelquefois; & j'en détournois auſſi quelques bouteilles, par amour louable pour tout ce qui étoit vieux, non que je négligeâſſe le vin nouveau; je n'en demandois point d'autre à ſa femme, qui vraiment eſtimoit bien autrement les modernes que les anciens; & par complaiſance pour ſon goût, j'en empliſſois auſſi quelques bouteilles, fans lui en faire ma cour.

FRONTIN.

A merveille.

TRIVELIN.

Qui n'auroit pas cru que cette conduite auroit dû me concilier ces deux efprits ? Point du tout, ils s'apperçurent du ménagement judicieux que j'avois pour chacun d'eux ; ils m'en firent un crime : le mari crut les anciens infultés par la quantité du vin nouveau que j'avois bû ; il m'en fit mauvaife mine : la femme me chicanna fur le vin vieux ; j'eus beau m'excufer, les gens de parti n'entendent point de raifon, il fallut les quitter, pour avoir voulu me partager entre les anciens & les modernes. Avois-je tort ?

FRONTIN.

Non, tu avois obfervé toutes les régles de la prudence humaine. Mais je ne puis en écouter davantage : je dois aller coucher ce foir à Paris, où l'on m'envoye, & je cherchois quelqu'un qui tînt ma place auprès de mon Maître pendant mon abfence ; veux-tu que je te préfente ?

TRIVELIN.

Oui-da. Et qu'eft-ce que c'eft que ton Maître ? fait-il bonne chere ? car dans l'état où je suis, j'ai besoin d'une bonne cuisine.

FRONTIN.

Tu seras content ; tu serviras la meilleure fille. . . . . .

TRIVELIN.

Pourquoi donc l'appelle-tu ton Maître ?

FRONTIN.

Ah ! foin de moi ! Je ne sçais ce que je dis, je rêve à autre chose.

TRIVELIN.

Tu me trompe, Frontin.

FRONTIN.

Ma foi oui, Trivelin. C'est une fille habillée en homme dont il s'agit ; je voulois te le cacher ; mais la vérité m'est échappée, & je me suis bloufé comme un fot ; fois discret, je te prie.

TRIVELIN.

Je le suis dès le berceau. C'est donc une intrigue que vous conduisez tous deux ici, cette fille-là & toi ?

FRONTIN.

Oui. (*à part*) Cachons-lui son rang. (*haut*) Mais la voilà qui vient ; retire-toi à l'écart, afin que je lui parle.

SCENE II.

LE CHEVALIER, FRONTIN.

LE CHEVALIER.

EH bien ! m'avez-vous trouvé un domestique ?

FRONTIN.

Oui, Mademoiselle, j'ai rencontré. . . .

LE CHEVALIER.

Vous m'impatientez avec votre Demoiselle : ne sçauriez-vous m'appeller Monsieur ?

FRONTIN.

Je vous demande pardon, Mademoiselle. . . . . je veux dire, Monsieur. J'ai trouvé un de mes amis qui est fort brave garçon ; il sort actuellement de chez un Bourgeois de campagne qui vient de mourir, & il est là qui attend que je l'appelle pour offrir ses respects.

LE CHEVALIER.

Vous n'avez peut-être pas eu l'imprudence de lui dire qui j'étois.

FRONTIN.

Ah ! Monsieur, mettez-vous l'esprit en repos, je sçais garder un secret. *bas.* Pourvu qu'il ne m'échape pas. *haut.* Souhaitez-
vous

vous que mon ami s'approche ?

LE CHEVALIER.

Je le veux bien ; mais partez sur le champ pour Paris.

FRONTIN.

Je n'attens que vos dépêches.

LE CHEVALIER.

Je ne trouve point à propos de vous en donner, vous pourriez les perdre ; ma sœur à qui je les adresserois pourroit les égarer aussi, & il n'est pas besoin que mon avanture soit sçûë de tout le monde. Voici votre commission, écoutez-moi : vous direz à ma sœur, qu'elle ne soit point en peine de moi ; qu'à la derniere partie de Bal où mes amies m'amenerent dans le déguisement où me voilà, le hazard me fit connoître le Gentilhomme que je n'avois jamais vû, qu'on disoit être encore en Province, & qui est ce Lelio avec qui par lettres le mari de ma sœur a presque arrêté mon mariage : que surprise de le trouver à Paris sans que nous le sçûssions ; & le voyant avec une Dame, je résolus sur le champ de profiter de mon déguisement pour me mettre au fait de l'état de son cœur & de son caractere : qu'enfin nous liâmes amitié ensemble aussi promptement que des Cavaliers peuvent le faire, & qu'il m'engagea à le suivre le lendemain à une partie de campagne chez la Dame avec qui il étoit, & qu'un de ſes parens accompagnoit ; que nous y ſommes actuellement ; que j'ai déja découvert des choſes qui méritent que je les ſuive avant que de me déterminer à épouſer Lelio : que je n'aurai jamais d'intérêt plus ſérieux. Partez, ne perdez point de tems ; faites venir ce Domeſtique que vous avez arrêté : dans un inſtant, j'irai voir ſi vous êtes parti.

SCENE III.

LE CHEVALIER.

JE regarde le moment où j'ai connu Lelio, comme une faveur du Ciel dont je veux profiter, puiſque je ſuis ma maîtreſſe, & que je ne dépends plus de perſonne. L'avanture où je me ſuis miſe ne ſurprendra point ma ſœur : elle ſçait la ſingularité de mes ſentimens. J'ai du bien ; il s'agit de le donner avec ma main & mon cœur : ce ſont de grands préſens ; & je veux ſçavoir à qui je les donne.

SCENE IV.

LE CHEVALIER, FRONTIN, TRIVELIN.

FRONTIN, *au Chevalier.*

LE voilà, Monſieur. (*bas à Trivelin*) Garde-moi le ſecret.

TRIVELIN.

Je te le rendrai mot pour mot, comme tu me l'as donné, quand tu voudras.

SCENE V.

LE CHEVALIER, TRIVELIN.

LE CHEVALIER.

APprochez ; comment vous appellez-vous ?

TRIVELIN.

Comme vous voudrez, Monſieur : Bourguignon, Champagne, Poitevin, Picard, tout cela m'eſt indifférent ; le nom ſous lequel j'aurai l'honneur de vous ſervir, ſera toujours le plus beau nom du monde.

LE CHEVALIER.

Sans compliment : quel eſt le tien à toi ?

B ij

TRIVELIN.

Je vous avoüe que je ferois quelque difficulté de lé dire, parce que dans ma famille je fuis le premier du nom qui n'ait pas difpofé de la couleur de fon habit : mais peut-on porter rien de plus galand que vos couleurs ? il me tarde d'en être chamaré fur toutes les coutures.

LE CHEVALIER, *à part.*

Qu'eft-ce que c'eft que ce langage-là ? Il m'inquiéte.

TRIVELIN.

Cependant, Monfieur, j'aurai l'honneur de vous dire que je m'appelle Trivelin. C'eft un nom que j'ai reçû de pere en fils très-correctement, & dans la derniere fidelité ; & de tous les Trivelins qui furent jamais, votre ferviteur en ce moment s'eftime le plus heureux de tous.

LE CHEVALIER.

Laiffez-là vos politeffes ; un Maître ne demande à fon Valet que l'attention dans ce à quoi il l'employe.

TRIVELIN.

Son Valet ! le terme eft dur ; il frappe mes oreilles d'un fon difgracieux : ne purgera-t'on jamais le difcours de tous ces noms odieux ?

LE CHEVALIER.

La délicatesse eft finguliere !

TRIVELIN.

De grace, ajuftons - nous , convenons d'une formule plus douce.

LE CHEVALIER, *à part.*

Il fe moque de moi. (*haut*) Vous riez , je penfe.

TRIVELIN.

C'eft la joye que j'ai d'être à vous, qui l'emporte fur la petite mortification que je viens d'effuyer.

LE CHEVALIER.

Je vous avertis, moi, que je vous ren- voye, & que vous ne m'êtes bon à rien.

TRIVELIN.

Je ne vous fuis bon à rien ; ah ! ce que vous dites-là ne peut pas être férieux.

LE CHEVALIER.

A part. Cet homme-là eft un extrava- gant. *A Trivelin.* Retirez-vous.

TRIVELIN.

Non , vous m'avez piqué ; je ne vous quitterai point , que vous ne foyez con- venu avec moi , que je vous fuis bon à quelque chofe.

LE CHEVALIER.

Retirez - vous, vous dis - je.

TRIVELIN.

Où vous attendrai - je ?

LE CHEVALIER.

Nulle part.

TRIVELIN.

Ne badinons point, le tems se passe, & nous ne décidons rien.

LE CHEVALIER.

Sçavez - vous bien, mon ami, que vous risquez beaucoup ?

TRIVELIN.

Je n'ai pourtant qu'un écu à perdre.

LE CHEVALIER.

Ce coquin-là m'embarrasse. *Il fait comme s'il s'en alloit.* Il faut que je m'en aille. (*haut*) Tu me suis ?

TRIVELIN.

Vraiment oui, je soutiens mon caractere : ne vous ai - je pas dit que j'étois opiniâtre ?

LE CHEVALIER.

Insolent !

TRIVELIN.

Cruel !

LE CHEVALIER.

Comment, cruel !

TRIVELIN.

Oui, cruel ; c'est un reproche tendre que je vous fais ; continuez, vous n'y êtes

pas, j'en viendrai jusqu'aux soupirs, vos
rigueurs me l'annoncent.

LE CHEVALIER.

Je ne sçai plus que penser de tout ce
qu'il me dit.

TRIVELIN.

Ah, ah, ah! vous rêvez, mon Cavalier,
vous délibérez; votre ton baisse, vous devenez traitable, & nous nous accommo-
derons, je le vois bien; la passion que j'ai
de vous servir est sans quartier; premiere-
ment cela est dans mon sang, je ne sçaurois me corriger.

LE CHEVALIER, *mettant la main sur la garde de son épée.*

Il me prend envie de te traiter comme
tu le mérite.

TRIVELIN.

Fy! ne gesticulez point de cette manie-
re-là; ce geste-là n'est point de votre
compétence; laissez-là cette arme qui vous
est étrangere; votre œil est plus redou-
table que ce fer inutile qui vous pend au
côté.

LE CHEVALIER.

Ah! je suis trahie.

TRIVELIN.

Masque, venons au fait; je vous connois.

LE CHEVALIER.

Toi ?

TRIVELIN.

Oui , Frontin vous connoiſſoit pour nous deux.

LE CHEVALIER.

Le coquin ! Et t'a-t'il dit qui j'étois ?

TRIVELIN.

Il m'a dit que vous étiez une fille , & voilà tout ; & moi je l'ai crû, car je ne chicane ſur la qualité de perſonne.

LE CHEVALIER.

Puiſqu'il m'a trahie , il vaut autant que je t'inſtruiſe du reſte.

TRIVELIN.

Voyons ; pourquoi êtes-vous dans cet équipage là ?

LE CHEVALIER.

Ce n'eſt point pour faire du mal.

TRIVELIN.

Je le crois bien : ſi c'étoit pour cela, vous ne déguiſeriez pas votre ſexe ; ce ſeroit perdre vos commodités.

LE CHEVALIER.

A part: Il faut le tromper. *haut.* Je t'avouë que j'avois envie de te cacher la vérité, parce que mon déguiſement regarde une Dame de condition, ma Maîtreſſe, qui a des vûës ſur un M. Lélio, que tu verras, & qu'elle qu'elle voudroit détacher d'une inclination qu'il a pour une Comtesse à qui appartient ce Château.

TRIVELIN.

Eh! quelle espece de commission vous donne-t'elle auprès de ce Lelio ? l'emploi me paroît gaillard, Soubrette de mon ame.

LE CHEVALIER.

Point du tout; ma charge sous cet habit-ci, est d'attaquer le cœur de la Comtesse; je puis passer, comme tu vois, pour un assez joli Cavalier; & j'ai déja vû les yeux de la Comtesse s'arrêter plus d'une fois sur moi. Si elle vient à m'aimer, je la ferai rompre avec Lelio; il reviendra à Paris, on lui proposera ma Maîtresse qui y est, elle est aimable, il la connoît, & les nôces seront bien-tôt faites.

TRIVELIN.

Parlons à présent à rez-de-chaussée. As-tu le cœur libre ?

LE CHEVALIER.

Oui.

TRIVELIN.

Et moi aussi; ainsi de compte arrêté, cela fait deux cœurs libres, n'est-ce pas ?

LE CHEVALIER.

Sans doute.

La Fausse Suivante. C

TRIVELIN.

Ergo, je conclus que nos deux cœurs
foient déformais camarades.

LE CHEVALIER.

Bon.

TRIVELIN.

Et je conclus encore toujours auffi judi-
cieufement, que comme deux amis doivent
s'obliger en tout ce qu'ils peuvent, tu m'a-
vance deux mois de récompenfe fur l'e-
xacte difcrétion que je promets d'avoir ; je
ne parle point du fervice domeftique que
je te rendrai fur cet article, c'eft à l'amour
à me payer mes gages.

LE CHEVALIER, *lui donnant*
de l'argent.

Tiens, voilà déja fix louis d'or d'avance pour ta difcrétion ; & en voilà déja
trois pour tes fervices.

TRIVELIN, *d'un air indifférent.*

J'ai affez de cœur pour refufer ces trois
derniers louis - là ; mais donne, la main
qui me les préfente étourdit ma générofité.

LE CHEVALIER.

Voici Monfieur Lelio, retire-toi, & va-
t'en m'attendre à la porte de ce Château
où nous logeons.

TRIVELIN.

Souvien-toi, ma friponne, à ton tour,

que je suis ton Valet sur la scène, & ton Amant dans les coulisses ; tu me donneras des ordres en public, & des sentimens dans le tête à tête.

Il se retire en arriere, quand Lelio entre avec Arlequin. Les Valets se rencontrant, se saluent.

SCENE VI.

LELIO, LE CHEVALIER, ARLEQUIN, TRIVELIN, *derriere leurs Maîtres.*

LELIO, *vient d'un air rêveur.*
LE CHEVALIER, *à part.*

LE voilà plongé dans une grande rêverie.

ARLEQUIN, *à Trivelin derriere eux.*
Vous m'avez l'air d'un bon vivant.

TRIVELIN.

Mon air ne vous ment pas d'un mot, & vous êtes fort bon phisionomiste.

LELIO, *se retournant vers Arlequin, & appercevant le Chevalier.*

Arlequin.... Ah! Chevalier, je vous cherchois.

LE CHEVALIER.

Qu'avez-vous, Lelio? je vous vois en-

C ij

veloppé dans une diftraction qui m'inquiéte.

LELIO.

Je vous dirai ce que c'eft. *A Arlequin.*
Arlequin, n'oublie pas d'avertir les Muſiciens de fe rendre ici tantôt.

ARLEQUIN.

Oui, Monſieur. *A Trivelin.* Allons boire, pour faire aller notre amitié plus vîte.

TRIVELIN.

Allons, la recette eft bonne ; j'aime
aſſez votre maniere de hâter le cœur.

SCENE VII.

LELIO, LE CHEVALIER.

LE CHEVALIER.

EH bien ! mon cher, de quoi s'agit-il ?
qu'avez-vous ? puis-je vous être utile
à quelque choſe ?

LELIO.

Très-utile.

LE CHEVALIER.

Parlez.

LELIO.

Etes-vous mon ami ?

LE CHEVALIER.

Vous méritez que je vous diſe non ;

puisque vous me faites cette question-là.

LELIO.

Ne te fâche point, Chevalier; ta vivacité m'oblige : mais passe - moi cette question-là, j'en ai encore une à te faire.

LE CHEVALIER.

Voyons.

LELIO.

Es - tu scrupuleux ?

LE CHEVALIER.

Je le suis raisonnablement.

LELIO.

Voilà ce qu'il me faut : tu n'as pas un honneur mal entendu sur une infinité de bagatelles qui arrêtent les sots ?

LE CHEVALIER, *à part.*

Fy, voilà un vilain début.

LELIO.

Par exemple , un Amant qui dupe sa Maîtresse pour se débarrasser d'elle, en est-il moins honnête homme ,à ton gré ?

LE CHEVALIER.

Quoi! il ne s'agit que de tromper une femme ?

LELIO.

Non vraiment.

LE CHEVALIER.

De lui faire une perfidie ?

LELIO.

Rien que cela.

C iij

LE CHEVALIER.

Je croyois pour le moins que tu voulois mettre le feu à une Ville. Eh! comment donc! trahir une femme, c'est avoir
une action glorieuse par devers soi.

LELIO, *gaiement.*

Oh! parbleu puisque tu le prends sur ce
ton-là, je te dirai que je n'ai rien à me reprocher; & sans vanité, tu vois un homme
couvert de gloire.

LE CHEVALIER, *étonné & commè*
charmé.

Toi, mon ami? ah! je te prie, donne-
moi le plaisir de te regarder à mon aise;
laisse-moi contempler un homme chargé
de crimes si honorables. Ah! petit traître,
vous êtes bien heureux d'avoir de si bril-
lantes indignités sur votre compte.

LELIO, *riant.*

Tu me charmes de penser ainsi; vien
que je t'embrasse: ma foi, à ton tour, tu
m'as tout l'air d'avoir été l'écueil de bien
des cœurs. Fripon, combien de réputations
as-tu blessées à mort dans ta vie? combien
as-tu désespéré d'Arianes? dis.

LE CHEVALIER.

Hélas! tu te trompes: je ne connois
point d'avantures plus communes que les
miennes; j'ai toujours eu le malheur de ne

trouver que des femmes très-fages.

Lelio.

Tu n'as trouvé que des femmes très-fages ! où diantre t'es-tu donc fourré ? tu as fait là des découvertes bien fingulieres. Après cela, qu'eft-ce que ces femmes-là gagnent à être fi fages ? il n'en eft ni plus, ni moins : fommes-nous heureux ? nous le difons ; ne le fommes-nous pas ? nous mentons ; cela revient au même pour elles : quant à moi, j'ai toujours dit plus de verités que de menfonges.

Le Chevalier.

Tu traites ces matieres-là avec une légéreté qui m'enchante.

Lelio.

Revenons à mes affaires ; quelque jour je te dirai de mes efpiégleries, qui te feront rire. Tu es un cadet de maifon, & par conféquent tu n'es pas extrêmement riche.

Le Chevalier.

C'eft raifonner jufte.

Lelio.

Tu es beau & bien fait : devine à quel deffein je t'ai engagé à nous fuivre avec tous tes agrémens : c'eft pour te prier de vouloir bien faire ta fortune.

Le Chevalier.

J'exauce ta priere. A préfent dis-moi

la fortune que je vais faire.

LELIO.

Il s'agit de te faire aimer de la Comteffe, & d'arriver à la conquête de fa main
par celle de fon cœur.

LE CHEVALIER.

Tu badines ; ne fçais-je pas que tu l'aimes, la Comteffe ?

LELIO.

Non : je l'aimois ces jours paffés ; mais
j'ai trouvé à propos de ne plus l'aimer.

LE CHEVALIER.

Quoi ! lorfque tu as pris de l'amour, &
que tu n'en veux plus, il s'en retourne
comme cela fans plus de façon ; tu lui dis
va-t'en ; & il s'en va ? Mais, mon ami, tu
as un cœur impayable !

LELIO.

En fait d'amour, j'en fais affez ce que je
veux. J'aimois la Comteffe, parce qu'elle
eft aimable ; je devois l'époufer, parce
qu'elle eft riche, & que je n'avois rien de
mieux à faire : Mais derniérement, pendant
que j'étois à ma Terre, on m'a propofé en
mariage une Demoifelle de Paris, que je
ne connois point, & qui me donne douze
mille livres de rente : la Comteffe n'en a
que fix. J'ai donc calculé que fix valoient
moins que douze : Oh ! l'amour que j'a-

vois pour elle pouvoit-il honnêtement tenir bon contre un calcul si raisonnable ?
Cela auroit été ridicule : six doivent recu-
ler devant douze, n'est-il pas vrai ? Tu ne
me répons rien.

Le Chevalier.

Et que diantre veux-tu que je réponde à
une régle d'arithmétique ; il n'y a qu'à sçavoir compter pour voir que tu as raison.

Lelio.

C'est cela même.

Le Chevalier.

Mais qu'est-ce qui t'embarrasse là-de-
dans ? Faut-il tant de cérémonie pour quitter la Comtesse ? Il s'agit d'être infidéle,
d'aller la trouver, de lui porter ton calcul,
de lui dire : Madame, comptez vous-même, voyez si je me trompe ; voilà tout.
Peut-être qu'elle pleurera, qu'elle maudira
l'arithmétique, qu'elle te traitera d'indi-
gne, de perfide ; cela pourroit arrêter un
poltron : mais un brave homme comme
toi, au-dessus des bagatelles de l'honneur,
ce bruit-là l'amuse ; il écoute, s'excuse négligemment, & se retire en faisant une révérence très-profonde, en Cavalier poli,
qui sçait avec quel respect il doit recevoir
en pareil cas les titres de fourbe & d'ingrat.

LELIO.

Oh! parbleu de ces titres-là, j'en suis fourni, & je sçais faire la révérence. Madame la Comtesse auroit déja reçu la mienne, s'il ne tenoit plus qu'à cette politesse : mais il y a une petite épine qui m'arrête ; c'est que, pour achever l'achat que j'ai fait d'une nouvelle Terre il y a quelque tems, Madame la Comtesse m'a prêté dix mille écus, dont elle a mon billet.

LE CHEVALIER.

Ah! tu as raison, c'est une autre affaire ; je ne sçache point de révérence qui puisse acquitter ce billet-là : le titre de débiteur est bien sérieux, vois-tu : celui d'infidéle n'expose qu'à des reproches, l'autre à des affignations ; cela est différent, & je n'ai point de recette pour ton mal.

LELIO.

Patience : Madame la Comtesse croit qu'elle va m'épouser, elle n'attend plus que l'arrivée de son frere ; & outre la somme de dix mille écus dont elle a mon billet, nous avons encore fait antérieurement à cela un dédit entre elle & moi de la même somme : si c'est moi qui romps avec elle, je lui devrai le billet & le dédit ; & je voudrois bien ne payer ni l'un ni l'autre : m'entends-tu ?

LE CHEVALIER.

A part. Ah, l'honnête homme! *haut.* Oui, je commence à te comprendre. Voici ce que c'eſt : Si je donne de l'amour à la Comteſſe, tu crois qu'elle aimera mieux payer le dédit, en te rendant ton billet de dix mille écus, que de t'épouſer ; de façon que tu gagneras dix mille écus avec elle : n'eſt-ce pas cela ?

LELIO.

Tu entres, on ne peut pas mieux, dans mes idées.

LE CHEVALIER.

Elles ſont très-ingénieuſes, très-lucrati-ves, & dignes de couronner ce que tu appel-les tes eſpiégleries. En effet, l'honneur que tu as fait à la Comteſſe en ſoupirant pour elle, vaut dix mille écus comme un ſol.

LELIO.

Elle n'en donneroit pas cela, ſi je m'en fiois à ſon eſtimation.

LE CHEVALIER.

Mais crois-tu que je puiſſe ſurprendre le cœur de la Comteſſe ?

LELIO.

Je n'en doute pas.

LE CHEVALIER, *à part.*

Je n'ai pas lieu d'en douter non plus.

LELIO.

Je me ſuis apperçu qu'elle aime ta com-

pagnie : elle te loüe fouvent, te trouve de
l'efprit ; il n'y a qu'à fuivre cela.

LE CHEVALIER.

Je n'ai pas une grande vocation pour ce
mariage-là.

LELIO.

Pourquoi ?

LE CHEVALIER.

Par mille raifons ; parce que je ne pourrai jamais avoir de l'amour pour la Comteffe : fi elle ne vouloit que de l'amitié, je
ferois à fon fervice ; mais n'importe.

LELIO.

Eh ! qui eft-ce qui te prie d'avoir de l'a-
mour pour elle? Eft-il befoin d'aimer fa femme ? fi tu ne l'aime pas, tant pis pour elle ;
ce font fes affaires, & non pas les tiennes.

LE CHEVALIER.

Bon ! mais je croyois qu'il falloit aimer
fa femme, fondé fur ce qu'on vivoit mal
avec elle, quand on ne l'aimoit pas.

LELIO.

Eh ! tant mieux quand on vit mal avec
elle, cela vous difpenfe de la voir ; c'eft
autant de gagné.

LE CHEVALIER.

Voilà qui eft fait, me voilà prêt à exécu-
ter ce que tu fouhaites ; fi j'époufe la Comteffe, j'irai me fortifier avec le brave Lelio

dans le dédain qu'on doit à son épouse.

LELIO.

Je t'en donnerai un vigoureux exemple, je t'en assure. Crois-tu, par exemple, que j'aimerai la Demoiselle de Paris, moi? Une quinzaine de jours tout au plus, après quoi je crois que j'en serai bien las.

LE CHEVALIER.

Eh! donne-lui le mois tout entier à cette pauvre femme, à cause de ses douze mille livres de rente.

LELIO.

Tant que le cœur m'en dira.

LE CHEVALIER.

T'a-t'on dit qu'elle fût jolie?

LELIO.

On m'écrit qu'elle est belle ; mais de l'humeur dont je suis, cela ne l'avance pas de beaucoup : si elle n'est pas laide, elle le deviendra, puisqu'elle sera ma femme ; cela ne lui peut manquer.

LE CHEVALIER.

Mais, dis-moi, une femme se dépite quelquefois.

LELIO.

En ce cas-là, j'ai une Terre écartée qui est le plus beau désert du monde, où Madame iroit calmer son esprit de vengeance.

LE CHEVALIER.

Oh! dès que tu as un défert, à la bonne heure, voilà fon affaire. Diantre! l'ame fe tranquilife beaucoup dans une folitude; on y joüit d'une certaine mélancolie, d'une douce triftefle, d'un repos de toutes les couleurs; elle n'aura qu'à choifir.

LELIO.

Elle en fera la maîtreffe.

LE CHEVALIER.

L'heureux tempérament! Mais j'apperçois la Comtefle; je te recommande une chofe; feins toujours de l'aimer : fi tu te montrois inconftant, cela intérefferoit fa vanité, elle courroit après toi, & me laifferoit là.

LELIO.

Je me gouvernerai bien, je vais au-devant d'elle. *Il va au-devant de la Comtefle, qui ne paroît pas encore.*

SCENE VIII.

LE CHEVALIER.

SI j'avois époufé le Seigneur Lelio, je ferois tombée en de bonnes mains! Donner douze mille livres de rente pour acheter le féjour d'un défert. Oh! vous êtes trop cher, Monſieur Lelio ; & j'aurai mieux que cela au même prix. Mais puiſque je ſuis en train, continuons pour me divertir & punir ce fourbe-là, & pour en débarraſſer la Comteſſe.

SCENE IX.

LA COMTESSE, LELIO, LE CHEVALIER.

LELIO, *à la Comteſſe en entrant.*

J'Attendois nos Muſiciens, Madame, & je cours les preſſer moi-même : Je vous laiſſe avec le Chevalier ; il veut nous quitter, ſon ſéjour ici l'embarraſſe, je crois qu'il vous craint, cela eſt de bon ſens, & je ne m'en inquiéte point ; je vous connois, mais il eſt mon ami ; notre amitié doit durer plus d'un jour ; & il faut bien qu'il ſe faſſe au danger de vous voir : je vous prie de le rendre plus raiſonnable ; je reviens dans l'inſtant.

SCENE X.

LA COMTESSE, LE CHEVALIER.

LA COMTESSE.

QUoi! Chevalier, vous prenez de pareils prétextes pour nous quitter? Si vous nous disiez les véritables raisons qui pressent votre retour à Paris, on ne vous retiendroit peut-être pas.

LE CHEVALIER.

Mes véritables raisons, Comtesse? ma foi, Lelio vous les a dites.

LA COMTESSE.

Comment! que vous vous défiez de votre cœur auprès de moi?

LE CHEVALIER.

Moi, m'en défier! je m'y prendrois un peu tard; est-ce que vous m'en avez donné le tems? Non, Madame, le mal est fait; il ne s'agit plus que d'en arrêter le progrès.

LA COMTESSE, *riant.*

En vérité, Chevalier, vous êtes bien à plaindre; & je ne sçavois pas que j'étois si dangereuse.

LE CHEVALIER.

Oh! que si; je ne vous dis rien là dont
tous

tous les jours votre miroir ne vous accuſe
d'être capable : il doit vous avoir dit que
vous aviez des yeux qui violeroient
l'hoſpitalité avec moi, ſi vous m'ameniez
ici.

La Comtesse.

Mon miroir ne me flatte pas, Chevalier.

Le Chevalier.

Parbleu ! je l'en défie ; il ne vous prête-
ra jamais rien ; la nature y a mis bon ordre, & c'eſt elle qui vous a flattée.

La Comtesse.

Je ne vois point que ce ſoit avec tant
d'excès.

Le Chevalier.

Comteſſe, vous m'obligeriez beaucoup
de me donner votre façon de voir ; car
avec la mienne, il n'y a pas moyen de
vous rendre juſtice.

La Comtesse, *riant.*

Vous êtes bien galant.

Le Chevalier.

Ah ! je ſuis mieux que cela ; ce ne ſe-
roit-là qu'une bagatelle.

La Comtesse.

Cependant ne vous gênez point, Chevalier ; quelque inclination, ſans dou-

La Fauſſe Suivante.   D

te, vous rappelle à Paris, & vous vous
ennuyeriez avec nous.

LE CHEVALIER.

Non, je n'ai point d'inclination à Paris,
fi vous n'y venez pas. *Il lui prend la main.*
A l'égard de l'ennui, fi vous fçaviez l'art
de m'en donner auprès de vous, ne me
l'épargnez pas, Comteffe ; c'eft un vrai
préfent que vous me ferez, ce fera même
une bonté ; mais cela vous paffe, & vous
ne donnez que de l'amour : voilà tout ce
que vous fçavez faire.

LA COMTESSE.

Je le fais affez mal.

SCENE XI.

LA COMTESSE, LE CHEVALIER, LELIO, &c.

LELIO.

NOus ne pouvons avoir nôtre diver-
tiffement que tantôt, Madame ;
mais en revanche, voici une noce de Village, dont tous les Acteurs viennent pour
vous divertir. *Au Chevalier.* Ton Valet &
le mien font à la tête, & menent le branle.

¤¤¤¤¤¤¤ ¤¤¤¤¤¤ ¤¤¤¤¤¤¤ ¤¤¤¤¤

DIVERTISSEMENT.

LE CHANTEUR.

CHantons tous l'agriable emplette
  Que Lucas a fait de Colette ;
Qu'il est heureux ce garçon-là !
J'aimerois bien le mariage ,
Sans un petit défaut qu'il a.
  Par lui la fille la plus sage ,
Zeste , vous vient entre les bras ,
Et boute , & garre , allons courage ,
Rien n'est si biau que le tracas
Des fins premiers jours du ménage ;
Mais morgué, ça ne dure pas ,
Le cœur vous faille , & c'est dommage.

Un Paysan.

  Que dis-tu , gente Mathurine ,
De cette nôce que tu vois ?
T'agace-t'elle un peu ? pour moi ,
Il me semble voir à ta mine
Que tu sens un je ne sçai quoi.
L'ami Lucas & la cousine
Riront tant qu'ils pourront tous deux ,
En se gaussant des mediseux :
Dis la vérité , Mathurine ,
Ne serois-tu pas bien comme eux ?

D ij

MATHURINE.

Voyez le biau difcours à faire,
De demander en pareil cas,
Que fais-tu, que ne fais-tu pas ?
Eh ! Colin, fans tant de myftere
Marions-nous, tu le fçauras :
A préfent fi j'étois fincere,
Je vais fouvent dans le valon,
Tu m'y fuivrois, malin garçon :
On n'y trouve point de Notaire,
Mais on y trouve du gazon.

On danfe.

BRANLE.

QU'on dife tout ce qu'on voudra,
          Tout cy, tout ça,
Je veux tâter du mariage,
En arrive ce qui pourra,
          Tout cy, tout ça,
Par la fangué j'ons bon courage,
Ce courage, dit-on, s'en va,
          Tout cy, tout ça,
Morguenne il faut voir cela.

✱✱

Ma Claudine un jour me conta
          Tout cy, tout ça,
Que fa mere en courroux contre elle

Lui défendoit qu'elle m'aima,

   Tout cy , tout ça ;

Mais auffi-tôt me dit la belle,

Entrons dans bocage-là ,

   Tout cy , tout ça ;

Nous verrons ce qu'il en fera.

�֍�֍

 Quand elle y fut elle chanta

   Tout cy , tout ça ;

Berger , dis-moi que ton cœur m'aime,

Et le mien auffi te dira

   Tout cy , tout ça ,

Combien fon amour eft extrème ,

Après elle me regarda

   Tout cy , tout ça ;

D'un doux regard qui m'acheva.

✖✖

 Mon cœur à fon tour lui chanta

   Tout cy , tout ça ,

Une chanfon qui fut fi tendre ,

Que cent fois elle foupira

   Tout cy , tout ça ,

Du plaifir qu'elle eut de m'entendre :

Ma chanfon tant recommença

   Tout cy , tout ça ,

Tant qu'enfin la voix me manqua.

Fin du premier Acte.

ACTE SECOND.

SCENE PREMIERE.

TRIVELIN, *seul.*

ME voici comme de moitié dans une intrigue affez douce, & d'un affez bon rapport ; car il m'en revient déjà de l'argent & une Maîtreffe : ce beau commencement-là promet encore une plus belle fin. Or, moi qui fuis un habile homme, eft-il naturel que je refte ici les bras croifés ? ne ferai-je rien qui hâte le fuccès du projet de ma chere Suivante ? Si je difois au Seigneur Lelio que le cœur de la Comteffe commence à capituler pour le Chevalier, il fe dépiteroit plus vîte, & partiroit pour Paris où on l'attend. Je lui ai déja témoigné que je fouhaiterois avoir l'honneur de lui parler : mais le voilà qui s'entretient avec la Comteffe, attendons qu'il ait fait avec elle.

SCENE II.

LELIO, LA COMTESSE. *Ils entrent tous deux comme continuant de se parler.*

LA COMTESSE.

NOn, Monsieur, je ne vous comprens point : vous liez amitié avec le Che-valier, vous me l'amenez ; & vous vou-lez ensuite que je lui fasse mauvaise mine ? Qu'est ce que c'est que cette idée-là ? Vous m'avez dit vous-même que c'étoit un homme aimable, amusant : & effecti-vement j'ai jugé que vous aviez raison.

LELIO.

Effectivement. Cela est donc bien effec-tif ? Eh bien, je ne sçai que vous dire ; mais voilà un effectivement qui ne de-vroit pas se trouver là, par exemple.

LA COMTESSE.

Par malheur il s'y trouve.

LELIO.

Vous me raillez, Madame.

LA COMTESSE.

Voulez-vous que je respecte votre an-tipatie pour effectivement ? Est-ce qu'il

48 LA FAUSSE SUIVANTE,
n'eſt pas bon François ? l'a-t'on proſcrit
de la langue ?

LELIO.

Non, Madame ; mais il marque que
vous êtes un peu trop perſuadée du mérite
du Chevalier.

LA COMTESSE.

Il marque cela ? Oh ! il a tort, & le
procès que vous lui faites eſt raiſonnable ;
mais vous m'avouerez qu'il n'y a pas de
mal à ſentir ſuffiſamment le mérite d'un
homme , quand le mérite eſt réel ; & c'eſt
comme j'en uſe avec le Chevalier.

LELIO.

Tenez, ſentir eſt encore une expreſſion
qui ne vaut pas mieux ; ſentir eſt trop : c'eſt
connoître qu'il faudroit dire.

LA COMTESSE.

Je ſuis d'avis de ne dire plus mot ; &
d'attendre que vous m'ayez donné la liſte
des termes ſans reproches que je dois em-
ployer : je crois que c'eſt le plus court ; il
n'y a que ce moyen-là qui puiſſe me mettre en état de m'entretenir avec vous.

LELIO.

Eh ! Madame, faites grace à mon amour.

LA COMTESSE.

Supportez donc mon ignorance ; je ne
ſçavois pas la différence qu'il y avoit
entre

entre connoître & sentir.

LELIO.

Sentir, Madame, c'est le stile du cœur ;
& ce n'est pas dans ce stile-là que vous de-
vez parler du Chevalier.

LA COMTESSE.

Ecoutez, le vôtre ne m'amuse point ; il
est froid, il me glace ; & si vous voulez
même, il me rebute.

LELIO, *à part*.

Bon ! je retirerai mon billet.

LA COMTESSE.

Quittons-nous, croyez-moi ; je parle
mal, vous ne me répondez pas mieux ;
cela ne fait pas une conversation amu-
sante.

LELIO.

Allez-vous rejoindre le Chevalier ?

LA COMTESSE.

Lelio, pour prix des leçons que vous
venez de me donner, je vous avertis, moi,
qu'il y a des momens où vous feriez bien
de ne pas vous montrer ; entendez-vous ?

LELIO.

Vous me trouvez donc bien insuppor-
table ?

LA COMTESSE.

Epargnez-vous ma réponse ; vous au-
riez à vous plaindre de la valeur de

La Fausse Suivante. E

mes termes, je le fens bien.

LELIO.

Et moi, je fens que vous vous retenez; vous me diriez de bon cœur que vous me haiffez.

LA COMTESSE.

Non; mais je vous le dirai bien-tôt, fi cela continuë; & cela continuera fans doute.

LELIO.

Il femble que vous le fouhaitiez.

LA COMTESSE.

Hum, vous ne feriez pas languir mes fouhaits.

LELIO, *d'un air fâché & vif.*

Vous me défolez, Madame.

LA COMTESSE.

Je me retiens, Monfieur, je me retiens. *Elle veut s'en aller.*

LELIO.

Arrêtez, Comteffe, vous m'avez fait l'honneur d'accorder quelque retour à ma tendreffe.

LA COMTESSE.

Ah! le beau détail où vous entrez là.

LELIO.

Le dédit même qui eft entre nous...

LA COMTESSE *fâchée.*

Eh bien! ce dédit vous chagrine, il n'y

a qu'à le rompre ; que ne me difiez-vous cela fur le champ ? il y a une heure que vous biaifez pour arriver là.

LELIO.

Le rompre ! J'aimerois mieux mourir : ne m'affure-t'il pas votre main ?

LA COMTESSE.

Et qu'eft-ce que c'eft que ma main fans mon cœur ?

LELIO.

J'efpere avoir l'un & l'autre.

LA COMTESSE.

Pourquoi me déplaifez-vous donc ?

LELIO.

En quoi donc ai-je pû vous déplaire ? Vous aurez de la peine à le dire vous-même.

LA COMTESSE.

Vous êtes jaloux, premiérement.

LELIO.

Eh ! morbleu, Madame, quand on aime....

LA COMTESSE.

Ah ! quel emportement !

LELIO.

Peut-on s'empêcher d'être jaloux ? Autrefois vous me reprochiez que je ne l'é-tois pas affez ; vous me trouviez trop tranquille : me voici inquiet ; & je vous déplais.

LA COMTESSE.

Achevez, Monfieur ; concluez que je fuis une capricieufe: voilà ce que vous voulez dire, je vous entens bien ; le compliment que vous me faites eft digne de l'entretien dont vous me régalez depuis une heure : & après cela vous me demandez en quoi vous me déplaifez ? ah, l'étrange caractere !

LELIO.

Mais je ne vous appelle pas capricieufe, Madame ; je dis feulement que vous vouliez que je fuffe jaloux: aujourd'hui je le fuis, pourquoi le trouvez-vous mauvais ?

LA COMTESSE.

Eh bien! vous direz encore que vous ne m'appellez pas fantafque ?

LELIO,

De grace, répondez.

LA COMTESSE.

Non, Monfieur, on n'a jamais dit à une femme ce que vous me dites là ; & je n'ai vu que vous dans la vie qui m'ayiez trouvé fi ridicule.

LELIO, *regardant autour de lui.*

Je chercherois volontiers à qui vous

parlez, Madame; car ce difcours-là ne peut pas s'adreffer à moi.

LA COMTESSE.

Fort bien! me voilà devenuë vifionnaire à préfent : continuez, Monfieur, continuez ; vous ne voulez pas rompre le dédit, cependant c'eft moi qui ne veux plus, n'eft-il pas vrai?

LELIO.

Que d'induftrie pour vous fauver d'une queftion fort fimple, à laquelle vous ne pouvez répondre!

LA COMTESSE.

Oh! je n'y fçaurois tenir ; capricieufe, ridicule, vifionnaire & de mauvaife foi! le portrait eft flatteur ! je ne vous connoiffois pas, Monfieur Lelio, je ne vous connoiffois pas ; vous m'avez trompée. Je vous pafferois de la jaloufie ; je ne parle pas de la vôtre, elle n'eft pas fupportable ; c'eft une jaloufie terrible, odieufe, qui vient du fond du tempérament, du vice de votre efprit ; ce n'eft pas délicateffe chez vous, c'eft mauvaife humeur naturelle ; c'eft précifément caractere. Oh! ce n'eft pas là la jaloufie que je vous demandois ; je voulois une inquiétude douce, qui a fa fource dans un cœur timide & bien touché, & qui n'eft

E iij

qu'une louable méfiance de foi-même.
Avec cette jaloufie-là, Monfieur, on ne
dit point d'invectives aux perfonnes que
l'on aime; on ne les trouve ni ridicules,
ni fourbes, ni fantafques; on craint feulement de n'être pas toujours aimé, parce
qu'on ne croit pas être digne de l'être.
Mais cela vous paffe; ces fentimens-là ne
font pas du reffort d'une ame comme la
vôtre. Chez vous, c'eft des emporte-
mens, des fureurs, ou pur artifice; vous
foupçonnez injurieufement; vous manquez d'eftime, de refpect, de foumiffion;
vous vous appuyez fur un dédit; vous
fondez vos droits fur des raifons de con-
trainte. Un dédit, Monfieur Lelio! des
foupçons! & vous appellez cela de l'a-
mour? C'eft un amour à faire peur.
Adieu.

L E L I O.

Encore un mot, vous êtes en colere,
mais vous reviendrez; car vous m'efti-
mez dans le fond.

L A C O M T E S S E.

Soit; j'en eftime tant d'autres. Je ne
regarde pas cela comme un grand mérite,
d'être eftimable; on n'eft que ce qu'on
doit être.

LELIO.

Pour nous accommoder , accordez-
moi une grace ; vous m'êtes chere, le
Chevalier vous aime, ayez pour lui un
peu plus de froideur ; infinuez-lui qu'il
nous laiffe , qu'il s'en retourne à Paris.

LA COMTESSE.

Lui infinuer qu'il nous laiffe ; c'eft-à-
dire, lui gliffer tout doucement une impertinence qui me fera tout doucement
paffer dans fon efprit pour une femme
qui ne fçait pas vivre. Non, Monfieur;
vous m'en difpenferez , s'il vous plaît.
Toute la fubtilité poffible n'empêchera
pas un compliment d'être ridicule quand
il l'eft; vous me le prouvez par le vôtre.
C'eft un avis que je vous infinuë tout
doucement , pour vous donner un petit
effai de ce que vous appellez maniere in-
finuante. *Elle fe retire.*

SCENE III.

LELIO, TRIVELIN.

LELIO, *en riant.*

Llons, allons, cela va très-ronde-
ment ; j'épouferai les douze mille
livres de rente. Mais voilà le Valet du

E iiij

Chevalier. *A Trivelin*. Il m'a paru tantôt
que tu avois quelque chose à me dire.

TRIVELIN.

Oui, Monsieur ; pardonnez à la liber-
té que je prens. L'équipage où je suis
ne prévient pas en ma faveur : cependant tel que vous me voyez, il y a là-
dedans le cœur d'un honnête homme,
avec une extrême inclination pour les
honnêtes gens.

LELIO.

Je le crois.

TRIVELIN.

Moi-même, & je le dis avec un souve-
nir modeste, moi-même autrefois j'ai été
du nombre de ces honnêtes gens ; mais
vous sçavez, Monsieur, à combien d'acci-
dens nous sommes sujets dans la vie : le
sort m'a joué ; il en a joué bien d'autres :
l'histoire est remplie du récit de ses mauvais tours : Princes, Héros, il a tout mal
mené : & je me console de mes malheurs
avec de tels confreres.

LELIO.

Tu m'obligerois de retrancher tes réflexions, & de venir au fait.

TRIVELIN.

Les infortunés sont un peu babillards,
Monsieur ; ils s'attendrissent aisément sur

leurs avantures. Mais je coupe court ; &
ce petit préambule me servira, s'il vous
plaît, à m'attirer un peu d'estime , &
donnera du poids à ce que je vais vous
dire.

LELIO.

Soit.

TRIVELIN.

Vous sçavez que je fais la fonction de
domestique auprès de Monsieur le Chevalier.

LELIO.

Oui.

TRIVELIN.

Je ne demeurerai pas long-tems avec
lui, Monsieur ; son caractere donne trop
de scandale au mien.

LELIO.

Eh ! que lui trouve-tu de mauvais ?

TRIVELIN.

Que vous êtes différent de lui ! A peine vous ai-je vu, vous ai-je entendu parler, que j'ai dit en moi-même : Ah, quelle ame franche ! que de netteté dans ce
cœur-là !

LELIO.

Tu vas encore t'amuser à mon éloge,
& tu ne finiras point.

TRIVELIN.

Monſieur, la vertu vaut bien une petite parenthèſe en ſa faveur.

LELIO.

Venons donc au reſte à préſent.

TRIVELIN.

De grace ſouffrez qu'auparavant nous convenions d'un petit article.

LELIO.

Parle.

TRIVELIN.

Je ſuis fier ; mais je ſuis pauvre ; qualités, comme vous jugez bien, très-difficiles à accorder l'une avec l'autre, & qui pourtant ont la rage de ſe trouver preſque toujours enſemble ; voilà ce qui me paſſe.

LELIO.

Pourſuis. A quoi nous menent ta fierté & ta pauvreté ?

TRIVELIN.

Elles nous menent à un combat qui ſe paſſe entr'elles. La fierté ſe défend d'abord à merveilles ; mais ſon ennemie eſt bien preſſante : bien-tôt la fierté plie, recule, fuit, & laiſſe le champ de bataille à la pauvreté, qui ne rougit de rien, & qui ſollicite en ce moment votre libéralité.

LELIO.

Je t'entends ; tu me demande quelque argent pour récompense de l'avis que tu vas me donner.

TRIVELIN.

Vous y êtes : les ames généreuses ont cela de bon, qu'elles devinent ce qu'il vous faut, & vous épargnent la honte d'expliquer vos besoins : que cela est beau !

LELIO.

Je consens à ce que tu demande, à une condition, à mon tour ; c'est que le secret que tu m'apprendras vaudra la peine d'être payé ; & je serai de bonne foi là-dessus : Dis à présent.

TRIVELIN.

Pourquoi faut-il que la rareté de l'argent ait ruiné la générosité de vos pareils ? Quelle misere ! Mais n'importe, votre équité me rendra ce que votre oeconòmie me retranche ; & je commence : Vous croyez le Chevalier votre intime & fidéle ami, n'est-ce pas ?

LELIO.

Oui, sans doute.

TRIVELIN.

Erreur.

LELIO.

En quoi donc ?

TRIVELIN.

Vous croyez que la Comtesse vous aime toujours ?

LELIO.

J'en suis persuadé.

TRIVELIN.

Erreur ; trois fois erreur.

LELIO.

Comment ?

TRIVELIN.

Oui, Monsieur, vous n'avez ni ami, ni Maîtresse. Quel brigandage dans ce monde! La Comtesse ne vous aime plus : le Chevalier vous a escamoté son cœur; il l'aime ; il en est aimé : c'est un fait, je le sçai, je l'ai vu, je vous en avertis; faites-en votre profit & le mien.

LELIO.

Eh ! dis-moi, as-tu remarqué quelque chose qui te rende sûr de cela?

TRIVELIN.

Monsieur, on peut se fier à mes observations : tenez, je n'ai qu'à regarder une femme entre deux yeux, je vous dirai ce qu'elle sent & ce qu'elle sentira, le tout à une virgule près. Tout ce qui se passe dans son cœur s'écrit sur son visage ; & j'ai tant étudié cette écriture-là, que je la lis tout aussi couramment que la mienne. Par exemple ; tantôt pendant que vous vous amusiez dans le Jardin à cueillir des fleurs pour la Comtesse, je racommodois près d'elle une palissade, & je voyois le Chevalier sautillant, rire, & folâtrer avec elle. Que vous êtes badin, lui disoit-elle, en souriant négligemment à ses enjoüemens ! Tout autre que moi n'auroit rien remarqué dans ce sourire - là, c'étoit un chifre ; sçavez-vous ce qu'il signifioit ? Que vous m'amusez agréablement, Chevalier ! que vous êtes aimable dans vos façons ! ne sentez-vous pas que vous me plaisez ?

L E L I O.

Cela est bon ; mais rapporte-moi quelque chose que je puisse expliquer, moi, qui ne suis pas si sçavant que toi.

T R I V E L I N.

En voici qui ne demande nulle condition. Le Chevalier continuoit, lui voloit quelques baisers, dont ont se fâchoit, & qu'on n'esquivoit pas. Laissez - moi donc, disoit-elle, avec un visage indolent, qui ne faisoit rien pour se tirer d'affaires, qui avoit la paresse de rester exposé à l'injure ; mais en vérité vous n'y songez-pas, ajoutoit-elle ensuite. Et moi tout en racommodant ma palissade, j'ex-

pliquois ce *vous n'y fongez pas* , & ce *laif-
fez moi donc* , & je voyois que cela vouloit dire : courage, Chevalier, encore un
baifer fur le même ton ; furprenez - moi
toujours, afin de fauver les bienféances :
je ne dois confentir à rien ; mais fi vous
êtes adroit, je n'y fçaurois que faire, ce ne
fera pas ma faute.

L E L I O.

Oui-dà, c'eft quelque chofe que des
baifers.

T R I V E L I N.

Voici le plus touchant. Ah, la belle
main ! s'écrie-t'il enfuite ; fouffrez que je
l'admire. Il n'eft pas néceffaire. De grace. Je ne veux point. Ce nonobftant la
main eft prife, admirée, careffée, cela va
tout de fuite ; arrêtez-vous : point de
nouvelles. Un coup d'évantail part là-
deffus, coup galant qui fignifie, ne lâ-
chez point ; l'évantail eft faifi : nouvelles pirateries fur la main qu'on tient ;
l'autre vient à fon fecours ; autant de pris
encore par l'ennemi : mais je ne vous
comprens point, finiffez-donc. Vous en
parlez bien à votre aife, Madame. Alors
la Comteffe de s'embarraffer ; le Chevalier
de la regarder tendrement ; elle de rougir ; lui de s'animer ; elle de fe fâcher fans

colere ; lui de fe jetter à fes genoux fans
repentance ; elle de pouffer honteufement
un demi foupir ; lui de ripofter effronté-
ment par un tout entier ; & puis vient
du filence, & puis des regards qui font
bien tendres, & puis d'autres qui n'o-
fent pas l'être, & puis.... qu'eft-ce que
cela fignifie, Monfieur ? Vous le voyez
bien, Madame : levez-vous donc : me
pardonnez-vous ? ah, je ne fçai. Le procès en étoit là quand vous êtes venu,
mais je crois maintenant les parties d'ac-
cord : Qu'en dites-vous ?

L E L I O.

Je dis que ta découverte commence à
prendre forme.

T R I V E L I N.

Commence à prendre forme ! & juf-
qu'où prétendez-vous donc que je la
conduife pour vous perfuader ? Je dé-
fefpere de la pouffer jamais plus loin ;
j'ai vû l'amour naiffant ; quand il fera
grand garçon, j'aurai beau l'attendre auprès de la paliffade, au diable s'il y vient
badiner ; or il grandira au moins, s'il
n'eft déja grandi, car il m'a paru aller
bon train, le gaillard.

L E L I O.

Fort bon train, ma foi.

TRIVELIN.

Que dites-vous de la Comteſſe ? ne
l'auriez-vous pas épouſée ſans moi ? Si
vous aviez vû de quel air elle abandon-
noit ſa main blanche au Chevalier !

LELIO.

En vérité, te paroiſſoit-il qu'elle y prît
goût ?

TRIVELIN.

Oui, Monſieur. *à part.* On diroit qu'il
en prend auſſi lui. *à Lelio.* Eh bien,
trouvez-vous que mon avis mérite ſa-
laire ?

LELIO.

Sans difficulté. Tu es un coquin.

TRIVELIN, *à part.*

Sans difficulté, tu es un coquin : voilà
un prélude de reconnoiſſance bien bizarre !

LELIO.

Le Chevalier te donneroit cent coups
de bâton, ſi je lui diſois que tu le trahis :
oh ! ces coups de bâton que tu mérite, ma
bonté te les épargne. Je ne dirai mot.
Adieu, tu dois être content, te voilà
payé.

SCENE

SCENE IV.
TRIVELIN.

JE n'avois jamais vu de monnoye frappée à ce coin-là. Adieu, Monsieur ; je suis votre serviteur ; que le Ciel veuille vous combler des faveurs que je mérite. De toutes les grimaces que m'a fait la fortune, voilà certes la plus comique. Me payer en exemption de coups de bâton ! c'est ce qu'on appelle faire argent de tout. Je n'y comprens rien : je lui dis que sa Maîtresse le plante-là, il me demande si elle y prend goût. Est-ce que notre Chevalier m'en feroit accroire ? & seroient-ils tous deux meilleurs amis que je ne pense ?

SCENE V.
ARLEQUIN, TRIVELIN.

TRIVELIN, *à part.*

INterrogeons un peu Arlequin là-dessus. *haut.* Ah, te voilà ! Où vas-tu ?

ARLEQUIN.

Voir s'il y a des lettres pour mon Maître.

La Fausse Suivante. F

TRIVELIN.

Tu me parois occupé : à quoi eſt-ce que tu rêves ?

ARLEQUIN.

A des louis d'or.

TRIVELIN.

Diantre ! tes réflexions ſont de riche étoffe.

ARLEQUIN.

Et je te cherchois auſſi pour te parler.

TRIVELIN.

Et que veux-tu de moi ?

ARLEQUIN.

T'entretenir de louis d'or.

TRIVELIN.

Encore des louis d'or ! Mais tu as une mine d'or dans ta tête.

ARLEQUIN.

Dis-moi, mon ami, où as-tu pris toutes ces piſtoles que je t'ai vu tantôt tirer de ta poche pour payer la bouteille de vin que nous avons bûë au cabaret du Bourg ? Je voudrois bien ſçavoir le ſecret que tu as pour en faire.

TRIVELIN.

Mon ami, je ne pourrai guéres te donner le ſecret d'en faire ; je n'ai jamais poſſédé que le ſecret de le dépenſer.

ARLEQUIN.

Oh ! j'ai auſſi un ſecret qui eſt bon pour cela, moi ; je l'ai appris au cabaret en per- fection.

TRIVELIN.

Oui-dà, on fait ſon affaire avec du vin, quoique lentement ; mais en y joignant une pincée d'inclination pour le beau ſexe, on y réuſſit bien autrement.

ARLEQUIN.

Ah, le beau ſexe ! on ne trouve point de cet ingredient-là ici.

TRIVELIN.

Tu n'y demeureras pas toujours. Mais de grace inſtruis-moi d'une choſe à ton tour : Ton Maître & Monſieur le Cheva- lier s'aiment-ils beaucoup ?

ARLEQUIN.

Oui.

TRIVELIN.

Fy ! Se témoignent-ils de grands em- preſſemens ? ſe font-ils beaucoup d'ami- tié ?

ARLEQUIN.

Ils ſe diſent, Comment te porte-tu ; à ton ſervice ; & moi auſſi ; j'en ſuis bien ai- ſe : après cela, ils dînent & ſoupent enſem- ble ; & puis, Bon ſoir ; je te ſouhaite une bonne nuit ; & puis ils ſe couchent, & puis

F ij

ils dorment, & puis le jour vient : eſt-ce
que tu veux qu'ils ſe diſent des injures ?

TRIVELIN.

Non, mon ami ; c'eſt que j'avois quelque petite raiſon de te demander cela,
par rapport à quelque avanture qui m'eſt
arrivée ici.

ARLEQUIN.

Toi ?

TRIVELIN.

Oui, j'ai touché le cœur d'une aimable perſonne ; & l'amitié de nos Maîtres
prolongera notre ſéjour ici.

ARLEQUIN.

Et où eſt-ce que cette rare perſonne-là
habite avec ſon cœur ?

TRIVELIN.

Ici, te dis-je : mal peſte ! c'eſt une affaire qui m'eſt de conſéquence.

ARLEQUIN.

Quel plaiſir ! Elle eſt jeune ?

TRIVELIN.

Je lui crois dix-neuf à vingt ans.

ARLEQUIN.

Ah, le tendron ! Elle eſt jolie ?

TRIVELIN.

Jolie ! quelle maigre épithète ! Vous lui
manquez de reſpect : ſçachez qu'elle eſt
charmante, adorable, digne de moi.

ARLEQUIN, *touché*.

Ah, mamour! friandife de mon ame!

TRIVELIN.

Et c'eft de fa main mignonne que je tiens ces louis d'or dont tu parles, & que le don qu'elle m'en a fait me rend fi précieux.

ARLEQUIN *à ce mot laiffe aller fes bras.*

Je n'en puis plus.

TRIVELIN, *à part.*

Il me divertit, je veux le pouffer juf-qu'à l'évanouiffement. *haut.* Ce n'eft pas le tout, mon ami; fes difcours ont charmé mon cœur; de la maniere dont elle m'a peint, j'avois honte de me trouver fi aimable. M'aimerez-vous, me difoit-elle? puis-je compter fur votre cœur?

ARLEQUIN, *tranfporté.*

Oui, ma Reine.

TRIVELIN.

A qui parles-tu?

ARLEQUIN.

A elle; j'ai crû qu'elle m'interrogeoit.

TRIVELIN, *riant.*

Ah, ah, ah! Pendant qu'elle me par-loit, ingénieufe à me prouver fa ten-dreffe, elle foüilloit dans fa poche pour en tirer cet or qui fait mes délices. Pre-nez, m'a-t'elle dit, en me le gliffant dans la main ; & comme poliment j'ouvrois ma main avec lenteur : prenez donc, s'eft-elle écriée ; ce n'eft-là qu'un échantillon du coffre fort que je vous deftine : alors je me fuis rendu ; car un échantillon ne fe refufe point.

ARLEQUIN, *jette fa bate & fa ceinture à terre, & fe jettant à genoux il dit.*

Ah ! mon ami, je tombe à tes pieds pour te fupplier en toute humilité, de me montrer feulement la face royale de cette incomparable fille, qui donne un cœur & des louis d'or du Perou avec : peut-être me fera-t'elle auffi préfent de quelque échantillon : je ne veux que la voir, l'admirer, & puis mourir content.

TRIVELIN.

Cela ne fe peut pas, mon enfant, il ne faut pas régler tes efpérances fur mes avantures. Vois-tu bien, entre le Baudet & le Cheval d'Efpagne, il y a quelque différence.

ARLEQUIN.

Hélas ! je te regarde comme le premier Cheval du monde.

TRIVELIN.

Tu abufes de mes comparaifons : je te permets de m'eftimer, Arlequin, mais ne me louë jamais.

ARLEQUIN.

Montre-moi donc cette fille. . . .

TRIVELIN.

Cela ne se peut pas ; mais je t'aime, & tu te sentiras de ma bonne fortune : dès aujourd'hui je te fonde une bouteille de Bourgogne pour autant de jours que nous serons ici.

ARLEQUIN, *demi pleurant.*

Une bouteille par jour, cela fait trente bouteilles par mois : pour me consoler dans ma douleur, donne-moi en argent la fondation du premier mois.

TRIVELIN.

Mon fils, je suis bien aise d'assister à cha-que payement.

ARLEQUIN, *en s'en allant,* *& pleurant.*

Je ne verrai donc point ma Reine ? Où êtes-vous donc, petit louis d'or de mon ame ? Hélas ! je m'en vais vous chercher par tout, hi, hi, hi, hi. *Et puis d'un ton net :* Veux-tu aller boire le premier mois de fondation ?

TRIVELIN.

Voilà mon Maître, je ne sçaurois ; mais va m'attendre. *Arlequin s'en va, en recommençant, hi, hi, hi, hi.*

SCENE VI.

LE CHEVALIER, TRIVELIN.

TRIVELIN.

JE lui ai renversé l'esprit, ha, ha, ha, ha, le pauvre garçon ! il n'est pas digne d'être associé à notre intrigue.

LE CHEVALIER *vient, & Trivelin dit:*

Ah ! vous voilà, Chevalier sans pareil. Eh bien, notre affaire va-t'elle bien ?

LE CHEVALIER, *comme en colere.*

Fort bien, Mons Trivelin : mais je vous cherchois pour vous dire que vous ne valez rien.

TRIVELIN.

C'est bien peu de chose que rien : & vous me cherchiez tout exprès pour me dire cela ?

LE CHEVALIER.

En un mot, tu es un coquin.

TRIVELIN.

Vous voilà dans l'erreur de tout le monde.

LE CHEVALIER.

Un fourbe, de qui je me vengerai.

TRIVELIN.

Mes vertus ont cela de malheureux, qu'elles

qu'elles n'ont jamais été connuës de personne.

LE CHEVALIER.

Je voudrois bien sçavoir de quoi vous
vous mêlez, d'aller dire à Monsieur Lelio que j'aime la Comtesse ?

TRIVELIN.

Comment, il vous a rapporté ce que je
lui ai dit ?

LE CHEVALIER.

Sans doute.

TRIVELIN.

Vous me faites plaisir de m'en avertir.
Pour payer mon avis, il avoit promis de
se taire ; il a parlé, la dette subsiste.

LE CHEVALIER.

Fort bien ! C'étoit donc pour tirer de
l'argent de lui, Monsieur le faquin ?

TRIVELIN.

Monsieur le faquin ! Retranchez ces pe-
tits agrémens-là de votre discours ; ce sont
des fleurs de Réthorique qui m'entêtent :
Je voulois avoir de l'argent ; cela est vrai.

LE CHEVALIER.

Eh ! ne t'en avois-je pas donné ?

TRIVELIN.

Ne l'avois-je pas pris de bonne grace ?
de quoi vous plaignez-vous ? votre argent
est-il insociable ? ne pouvoit-il pas s'ac-

commoder avec celui de Monsieur Lelio?

LE CHEVALIER.

Prens-y garde, si tu retombes encore dans la moindre impertinence, j'ai une Maîtresse, qui aura soin de toi, je t'en assure.

TRIVELIN.

Arrêtez, ma discrétion s'affoiblit; je l'avouë; je la sens infirme; il sera bon de la rétablir par un baiser ou deux.

LE CHEVALIER.

Non.

TRIVELIN.

Convertissons donc cela en autre chose.

LE CHEVALIER.

Je ne sçaurois.

TRIVELIN.

Vous ne m'entendez point, je ne puis me résoudre à vous dire le mot de l'énigme. *Le Chevalier tire sa montre.* Ah, ah, tu la devineras; tu n'y es plus; le mot n'est pas une montre; la montre en approche pourtant, à cause du métal.

LE CHEVALIER.

Eh! je vous entends à merveille; qu'à cela ne tienne.

TRIVELIN.

J'aime pourtant mieux un baiser.

LE CHEVALIER.

Tiens ; mais obferve ta conduite.

TRIVELIN.

Ah, friponne ! tu triches ma flamme ; tu t'efquives, mais avec tant de grace, qu'il faut me rendre.

SCENE VII.

LE CHEVALIER, TRIVELIN, ARLEQUIN, *qui vient, a écouté la fin de la Scéne par derriere ; dans le tems que le Chevalier donne de l'argent à Trivelin, d'une main il prend l'argent, & de l'autre, il embraſſe le Chevalier.*

ARLEQUIN.

AH, je la tiens ! ah, mamour ! je me meurs ! cher petit lingot d'or, je n'en puis plus. Ah, Trivelin ! je fuis heureux.

TRIVELIN.

Et moi volé.

LE CHEVALIER.

Je fuis au défefpoir, mon fecret eft découvert.

ARLEQUIN.

Laiſſez-moi vous contempler, caſſette de mon ame. Quelle eft jolie ! mignarde, mon cœur s'en va, je me trouve mal,

G ij

vîte un échantillon pour me remettre;
ah, ah, ah, ah!

LE CHEVALIER, *à Trivelin.*

Débarrasse-moi de lui ; que veut-il dire
avec son échantillon ?

TRIVELIN.

Bon, bon, c'est de l'argent qu'il demande.

LE CHEVALIER.

S'il ne tient qu'à cela pour venir à bout
du dessein que je poursuis, emmene-le, &
engage-le au secret ; voilà de quoi le faire
taire. *A Arlequin.* Mon cher Arlequin, ne
me découvre point, je te promets des
échantillons tant que tu voudras; Trivelin
va t'en donner ; suis-le, & ne dis mot ; tu
n'aurois rien si tu parlois.

ARLEQUIN.

Malpeste ! je serai sage : m'aimerez-
vous, petit homme ?

LE CHEVALIER.

Sans doute.

TRIVELIN.

Allons, mon fils, tu te souviens bien de
la bouteille de fondation ; allons la boire

ARLEQUIN, *sans bouger.*

Allons.

TRIVELIN.

Vien donc. *Au Chevalier.* Allez votre

chemin, & ne vous embarraſſez de rien.

ARLEQUIN, *en s'en allant.*

Ah ! la belle trouvaille, la belle trouvaille !

SCENE VIII.

LA COMTESSE, LE CHEVALIER.

LE CHEVALIER, *ſeul un moment.*

A Tout hazard , continuons ce que
j'ai commencé ; je prends trop de
plaiſir à mon projet pour l'abandonner ;
dût-il m'en coûter encore vingt piſtoles ,
je veux tâcher d'en venir à bout. Voici la
Comteſſe ; je la croi dans de bonnes diſpo-
ſitions pour moi ; achevons de la déterminer. Vous me paroiſſez bien triſte , Madame ; qu'avez-vous ?

LA COMTESSE, *à part.*

Eprouvons ce qu'il penſe. *Au Chevalier.*
Je viens vous faire un compliment qui me
déplaît ; mais je ne ſçaurois m'en diſpenſer.

LE CHEVALIER.

Ah ! notre converſation débute mal ,
Madame.

LA COMTESSE.

Vous avez pû remarquer que je vous
voyois ici avec plaiſir ; & s'il ne tenoit

G iij

qu'à moi, j'en aurois encore beaucoup à
vous y voir.

LE CHEVALIER.

J'entends; je vous épargne le reste; &
je vais coucher à Paris.

LA COMTESSE.

Ne vous en prenez pas à moi, je vous
le demande en grace.

LE CHEVALIER.

Je n'examine rien; vous ordonnez, j'o-
béis.

LA COMTESSE.

Ne dites point que j'ordonne.

LE CHEVALIER.

Eh! Madame, je ne vaux pas la peine que
vous vous excusiez; & vous êtes trop
bonne.

LA COMTESSE.

Non, vous dis-je; & si vous voulez
rester, en vérité vous êtes le maître.

LE CHEVALIER.

Vous ne risquez rien à me donner carte
blanche; je sçais le respect que je dois à
vos véritables intentions.

LA COMTESSE.

Mais, Chevalier, il ne faut pas respec-
ter des chimeres.

LE CHEVALIER.

Il n'y a rien de plus poli que ce discours-
là.

LA COMTESSE.

Il n'y a rien de plus défagréable que votre obftination à me croire polie; car il faudra, malgré moi, que je la fois : je fuis d'un fexe un peu fier. Je vous dis de refter, je ne fçaurois aller plus loin ; aidez-vous.

LE CHEVALIER *à part.*

Sa fierté fe meurt; je veux l'achever. *haut.* Adieu, Madame, je craindrois de prendre le change ; je fuis tenté de demeurer, & je fuis le danger de mal interpréter vos honnêtetés. Adieu ; vous renvoyez mon cœur dans un terrible état.

LA COMTESSE.

Vit-on jamais un pareil efprit, avec fon cœur qui n'a pas le fens commun ?

LE CHEVALIER, *fe retournant.*

Du moins, Madame, attendez que je fois parti, pour marquer un dégoût à mon égard.

LA COMTESSE.

Allez, Monfieur, je ne fçaurois attendre : allez à Paris chercher des femmes qui s'expliquent plus précifément que moi, qui vous prient de refter en termes formels, qui ne rougiffent de rien : Pour moi, je me ménage ; je fçais ce que je me dois ; & vous partirez, puiſque vous avez la fureur de prendre tout de travers.

LE CHEVALIER.

Vous ferai-je plaiſir de reſter ?

LA COMTESSE.

Peut-on mettre une femme entre le oui & le non ? Quelle bruſque alternative ! Y a-t'il rien de plus haïſſable qu'un homme qui ne ſçauroit deviner ? Mais allez-vous-en, je ſuis laſſe de tout faire.

LE CHEVALIER, faiſant ſemblant de s'en aller.

Je devine donc ; je me ſauve.

LA COMTESSE.

Il devine, dit-il ; il devine, & s'en va ; la belle pénétration ! Je ne ſçais pourquoi cet homme m'a plû. Lelio n'a qu'à le ſuivre ; je le congédie ; je ne veux plus de ces importuns-là chez moi. Ah ! que je haïs les hommes à préſent ! qu'ils ſont inſupportables ! j'y renonce de bon cœur.

LE CHEVALIER, comme revenant ſur ſes pas.

Je ne ſongeois pas, Madame, que je vais dans un pays où je puis vous rendre quelques ſervices ; n'avez-vous rien à m'y commander ?

LA COMTESSE.

Oui-dà ; oubliez que je fouhaitois que vous reftaffiez ici : voilà tout.

LE CHEVALIER.

Voilà une commiffion qui m'en donne une autre, c'eft celle de refter ; & je m'en tiens à la derniere.

LA COMTESSE.

Comment! vous comprenez cela? quel prodige! En vérité il n'y a pas moyen de s'étourdir fur les bontés qu'on a pour vous; il faut fe réfoudre à les fentir, ou nous laiffer là.

LE CHEVALIER.

Je vous aime, & ne préfume rien en ma faveur.

LA COMTESSE.

Je n'entends pas que vous préfumiez rien non plus.

LE CHEVALIER.

Il eft donc inutile de me retenir, Madame?

LA COMTESSE.

Inutile? Comme il prend tout! mais il faut bien obferver ce qu'on vous dit.

LE CHEVALIER.

Mais auffi, que ne vous expliquez-vous franchement? Je pars, vous me retenez ; je crois que c'eft pour quelque chofe qui

en vaudra la peine : point du tout ; c'est
pour me dire, Je n'entends pas que vous
présumiez rien non plus : n'est-ce pas là
quelque chose de bien tentant ? Et moi,
Madame, je n'entends point vivre, comme cela ; je ne sçaurois, je vous aime
trop.

LA COMTESSE.

Vous avez là un amour bien mutin : il
est bien pressé.

LE CHEVALIER.

Ce n'est pas ma faute ; il est comme
vous me l'avez donné.

LA COMTESSE.

Voyons donc. Que voulez-vous ?

LE CHEVALIER.

Vous plaire.

LA COMTESSE.

Hé bien, il faut espérer que cela viendra.

LE CHEVALIER.

Moi, me jetter dans l'espérance ! Oh
que non ! je ne donne point dans un pays
perdu ; je ne sçaurois où je marche.

LA COMTESSE.

Marchez, marchez ; on ne vous égare-
ra pas.

LE CHEVALIER.

Donnez-moi votre cœur pour compagnon de voyage, & je m'embarque.

LA COMTESSE.

Hum, nous n'irons peut-être pas loin ensemble.

LE CHEVALIER.

Hé, par où devinez-vous cela !

LA COMTESSE.

C'eſt que je vous crois volage.

LE CHEVALIER.

Vous m'avez fait peur ; j'ai cru votre ſoupçon plus grave : mais pour volage, s'il n'y a que cela qui vous retienne, partons ; quand vous me connoîtrez mieux, vous ne me reprocherez pas ce défaut-là.

LA COMTESSE.

Parlons raiſonnablement : vous pourrez me plaire, je n'en diſconviens pas ; mais eſt-il naturel que vous plaiſiez tout d'un coup !

LE CHEVALIER.

Non. Mais ſi vous vous réglez avec moi ſur ce qui eſt naturel, je ne tiens rien ; je ne ſçaurois obtenir votre cœur que gratis : ſi j'attends que je l'aye gagné, nous n'aurons jamais fait ; je connois ce que vous valez & ce que je vaux.

LA COMTESSE.

Fiez-vous à moi, je ſuis généreuſe, je vous ferai peut-être grace.

LE CHEVALIER.

Rayez le peut-être ; ce que vous dites
en fera plus doux.

LA COMTESSE.

Laiſſons-le, il n'eſt peut-être là que par
bienſéance.

LE CHEVALIER.

Le voilà un peu mieux placé, par
exemple.

LA COMTESSE.

C'eſt que j'ai voulu vous raccommoder
avec lui.

LE CHEVALIER.

Venons au fait : M'aimerez-vous !

LA COMTESSE.

Mais, au bout du compte, m'aimez-
vous, vous-même !

LE CHEVALIER.

Oui, Madame ; j'ai fait ce grand ef-
fort-là.

LA COMTESSE.

Il y a ſi peu de tems que vous me
connoiſſez, que je ne laiſſe pas d'en être
ſurpriſe.

LE CHEVALIER.

Vous ſurpriſe ! Il fait jour, le ſoleil
nous luit, cela ne vous ſurprend-t'il pas
auſſi ? car je ne ſçai que répondre à de
pareils diſcours, moi. Eh ! Madame,

faut-il vous voir plus d'un moment pour apprendre à vous adorer ?

La Comtesse.

Je vous croi, ne vous fâchez point ; ne me chicanez pas davantage.

Le Chevalier.

Oui, Comtesse, je vous aime ; & de tous les hommes qui peuvent aimer, il n'y en a pas un dont l'amour soit si pur, si raisonnable ; je vous en fais serment sur cette belle main, qui veut bien se livrer à mes caresses. Regardez-moi, Madame ; tournez vos beaux yeux sur moi ; ne me volez point le doux embarras que j'y fais naître. Ah, quels regards ! qu'ils sont charmans ! Qui est-ce qui auroit jamais dit qu'ils tomberoient sur moi ?

La Comtesse.

En voilà assez : rendez-moi ma main ; elle n'a que faire là ; vous parlerez bien sans elle.

Le Chevalier.

Vous me l'avez laissé prendre, laissez-moi la garder.

La Comtesse.

Courage ; j'attends que vous ayez fini.

Le Chevalier.

Je ne finirai jamais.

LA COMTESSE.

Vous me faites oublier ce que j'avois
à vous dire : je suis venuë tout exprès,
& vous m'amusez toujours. Revenons;
vous m'aimez, voilà qui va fort bien;
mais comment ferons-nous ? Lelio est jaloux de vous.

LE CHEVALIER.

Moi, je le suis de lui ; nous voilà quit-
tes.

LA COMTESSE.

Il a peur que vous ne m'aimiez.

LE CHEVALIER.

C'est un nigaud d'en avoir peur ; il de-
vroit en être sûr.

LA COMTESSE.

Il craint que je ne vous aime.

LE CHEVALIER.

Eh! pourquoi ne m'aimeriez-vous pas?
je le trouve plaisant : il falloit lui dire
que vous m'aimiez, pour le guérir de sa
crainte.

LA COMTESSE.

Mais, Chevalier, il faut le penser pour
le dire.

LE CHEVALIER.

Comment ! ne m'avez-vous pas dit
tout-à-l'heure, que vous me ferez grâ-
ce ?

LA COMTESSE.

Je vous ai dit peut-être.

LE CHEVALIER.

Ne sçavois-je pas bien que le maudit peut-être me joueroit un mauvais tour ? Eh ! que faites-vous donc de mieux, si vous ne m'aimez pas ? Est-ce encore Lelio qui triomphe ?

LA COMTESSE.

Lelio commence bien à me déplaire.

LE CHEVALIER.

Qu'il achéve donc, & nous laisse en repos.

LA COMTESSE.

C'est le caractere le plus singulier.

LE CHEVALIER.

L'homme le plus ennuyant.

LA COMTESSE.

Et brusque avec cela ; toujours inquiet ; je ne sçai quel parti prendre avec lui.

LE CHEVALIER.

Le parti de la raison.

LA COMTESSE.

La raison ne plaide plus pour lui, non plus que le cœur.

LE CHEVALIER.

Il faut qu'il perde son procès.

LA COMTESSE.

Me le conseillez-vous ? Je crois qu'effectivement, il en faut venir là.

LE CHEVALIER.

Oui : mais de votre cœur, qu'en ferez-vous après ?

LA COMTESSE.

De quoi vous mêlez-vous ?

LE CHEVALIER.

Parbleu, de mes affaires.

LA COMTESSE.

Vous le sçaurez trop tôt.

LE CHEVALIER.

Morbleu !

LA COMTESSE.

Qu'avez-vous ?

LE CHEVALIER.

C'est que vous avez des longueurs qui me désesperent.

LA COMTESSE.

Mais vous êtes bien impatient, Chevalier ! personne n'est comme vous.

LE CHEVALIER.

Ma foi, Madame, on est ce que l'on peut quand on vous aime.

LA COMTESSE.

Attendez, je veux vous connoître mieux.

LE CHEVALIER.

Je suis vif, & je vous adore ; me voilà

là tout entier ; mais trouvons un expédient qui vous mette à votre aise. Si je vous déplais, dites-moi de partir, & je pars, il n'en sera plus parlé : Si je puis espérer quelque chose, ne me dites rien, je vous dispense de me répondre, votre silence sera ma joye, & il ne vous en coûtera pas une syllabe ; vous ne sçauriez prononcer à moins de frais.

LA COMTESSE.

Ah !

LE CHEVALIER.

Je suis content.

LA COMTESSE.

J'étois pourtant venuë pour vous dire de nous quitter ; Lelio m'en avoit prié.

LE CHEVALIER.

Laissons-là Lelio, sa cause ne vaut rien.

SCENE IX.

LE CHEVALIER, LA COMTESSE, LELIO arrive en faisant au Chevalier des signes de joye.

LELIO.

TOut beau, Monsieur le Chevalier, tout beau : Laissons-là Lelio, dites-vous ; vous le méprisez bien. Ah ! graces

La Fausse Suivante. H

au Ciel, & à la bonté de Madame, il n'en
fera rien, s'il vous plaît ; Lelio qui vaut
mieux que vous, reftera, & vous vous en
irez. Comment morbleu ? que dites-vous
de lui, Madame ? Ne fuis-je pas entre les
mains d'un ami bien fcrupuleux ? fon procédé n'eft-il pas édifiant ?

LE CHEVALIER.

Eh ! que trouvez-vous de fi étrange à
mon procédé, Monfieur ? Quand je fuis
devenu votre ami, ai-je fait vœu de rompre avec la beauté, les graces & tout ce
qu'il y a de plus aimable dans le monde ?
Non parbleu ; votre amitié eft belle &
bonne, mais je m'en pafferai mieux que
d'amour pour Madame : vous trouvez un
rival : eh bien ! prenez patience ; en êtes-
vous étonné ? Si Madame n'a pas la com-
plaifance de s'enfermer pour vous, vos
étonnemens ont tout l'air d'être fréquens,
& il faudra bien que vous vous y accou-
tumiez.

LELIO.

Je n'ai rien à vous répondre : Madame
aura foin de me vanger de vos louables
entreprifes. *A la Comteffe.* Voulez-vous
bien que je vous donne la main, Madame ? car je ne vous crois pas extréme-
ment amufée des difcours de Monfieur.

LA COMTESSE *ferieufe & fe retirant.*

Où voulez-vous que j'aille? nous pouvons nous promener enfemble; je ne me plains pas du Chevalier: s'il m'aime, je ne fçaurois me fâcher de la maniere dont il le dit, & je n'aurois tout au plus à lui reprocher que la médiocrité de fon goût.

LE CHEVALIER.

Ah! j'aurai plus de partifans de mon goût, que vous n'en aurez de vos reproches, Madame.

LELIO, *en colere.*

Cela va le mieux du monde, & je jouë ici un fort aimable perfonnage: je ne fçais qu'elles font vos vûës, Madame, mais ....

LA COMTESSE.

Ah! je n'aime pas les emportés; je vous reverrai quand vous ferez plus calme.

Elle fort.

H ij

SCENE X.
LE CHEVALIER, LELIO.

LELIO regarde aller la Comtesse : quand elle ne paroît plus, il se met à éclater de rire.

AH, ah, ah, ah! Voilà une femme bien dupe! qu'en dis-tu? ai-je bonne grace à faire le jaloux? *La Comtesse reparoît seulement pour voir ce qui se passe.*

LELIO *dit bas.*

Elle revient pour nous observer.... *haut.* Nous verrons ce qu'il en sera, Chevalier ; nous verrons.

LE CHEVALIER.

Bas. Ah, l'excellent fourbe!... *haut.* Adieu, Lelio ; vous le prendrez sur le ton qu'il vous plaira ; je vous en donne ma parole. Adieu. *Ils s'en vont chacun de leur côté.*

Fin du second Acte.

ACTE TROISIE'ME.

SCENE PREMIERE.

LELIO, ARLEQUIN.

ARLEQUIN *entre en pleurant.*

HI, hi, hi, hi. . . . .

LELIO.

Di-moi donc pourquoi tu pleures ; je veux le sçavoir absolument.

ARLEQUIN *plus fort.*

Hi, hi, hi, hi. . . .

LELIO.

Mais quel est le sujet de ton affliction ?

ARLEQUIN.

Ah ! Monsieur, voilà qui est fini, je ne serai plus gaillard.

LELIO.

Pourquoi ?

ARLEQUIN.

Faute d'avoir envie de rire.

LELIO.

Et d'où vient que tu n'as plus envie de rire, imbécile ?

ARLEQUIN.

A caufe de ma trifteffe.

LELIO.

Je te demande ce qui te rend trifte.

ARLEQUIN.

C'eft un grand chagrin, Monfieur.

LELIO.

Il ne rira plus parce qu'il eft trifte, &
il eft trifte à caufe d'un grand chagrin : te
plaira-t'il de t'expliquer mieux ? Sçais-tu
bien que je me fâcherai à la fin.

ARLEQUIN.

Hélas ! je vous dis la vérité. *Il foupire.*

LELIO.

Tu me la dis fi fottement, que je n'y
comprens rien : t'a-t'on fait du mal ?

ARLEQUIN.

Beaucoup de mal.

LELIO.

Eft-ce qu'on t'a battu ?

ARLEQUIN.

Pû ! bien pis que tout cela, ma foi.

LELIO.

Bien pis que tout cela ?

ARLEQUIN.

Oui, quand un pauvre homme perd de
l'or, il faut qu'il meure ; & je mourrai
auffi, je n'y manquerai pas.

LELIO.

Que veut dire de l'or ?

ARLEQUIN.

De l'or du Perou ; voilà comme on dit qu'il s'appelle.

LELIO.

Eſt-ce que tu en avois ?

ARLEQUIN.

Eh, vraiment oui ! voilà mon affaire : je n'en ai plus, je pleure ; quand j'en avois, j'étois bien aiſe.

LELIO.

Qui eſt-ce qui te l'avoit donné, cet or ?

ARLEQUIN.

C'eſt Monſieur le Chevalier qui m'avoit fait préſent de cet échantillon-là.

LELIO.

De quel échantillon ?

ARLEQUIN.

Eh ! je vous le dis.

LELIO.

Quelle patience il faut avoir avec ce nigaud-là ! Sçachons pourtant ce que c'eſt. Arlequin, fais tréve à tes larmes ; ſi tu te plains de quelqu'un, j'y mettrai ordre ; mais éclaircis-moi la choſe. Tu me parles d'un or du Perou ; après cela d'un échantillon : je n'entends point ; ré-

ponds-moi précifément : Le Chevalier
t'a-t'il donné de l'or ?

ARLEQUIN.

Pas à moi ; mais il l'avoit donné devant moi à Trivelin pour me le rendre en
main propre : mais cette main propre n'en
a point tâté ; le fripon a tout gardé dans
la fienne, qui n'étoit pas plus propre que
la mienne.

LELIO.

Cet or étoit-il en quantité ? Combien
de louis y avoit-il ?

ARLEQUIN.

Peut-être quarante ou cinquante ; je ne
les ai pas comptés.

LELIO.

Quarante ou cinquante ! Et pourquoi
le Chevalier te faifoit-il ce préfent-là ?

ARLEQUIN.

Parce que je lui avois demandé un é-
chantillon.

LELIO.

Encore ton échantillon ?

ARLEQUIN.

Eh, vraiment oui ! Monfieur le Chevalier en avoit auffi donné à Trivelin.

LELIO.

Je ne fçaurois débrouiller ce qu'il veut
dire : il y a cependant quelque chofe la-
dedans

dedans qui peut me regarder. Réponds-
moi : Avois-tu rendu au Chevalier quelque service qui l'engageât à te récom-
penser ?

ARLEQUIN.

Non ; mais j'étois jaloux de ce qu'il aimoit Trivelin, de ce qu'il avoit charmé
son cœur, & mis de l'or dans sa bourse ; &
moi, je voulois aussi avoir le cœur charmé & la bourse pleine.

LELIO.

Quel étrange galimatias me fais-tu-
là ?

ARLEQUIN.

Il n'y a pourtant rien de plus vrai que
tout cela.

LELIO.

Quel rapport y a-t-il entre le cœur de
Trivelin & le Chevalier ? Le Chevalier a-
t-il de si grands charmes ? Tu parles de lui
comme d'une femme.

ARLEQUIN.

Tant y a qu'il est ravissant, & qu'il fera
aussi rafle de votre cœur quand vous le
connoîtrez. Allez pour voir lui dire, Je
vous connois, & je garderai le secret ;
vous verrez si ce n'est pas un échantillon
qui vous viendra sur le champ ; & vous
me direz si je suis

La Fausse Suivante.   I

98 LA FAUSSE SUIVANTE,

LELIO.

Je n'y comprends rien. Mais qui est-il,
le Chevalier ?

ARLEQUIN.

Voilà justement le secret qui fait avoir
un présent quand on le garde.

LELIO.

Je prétends que tu me le dises, moi.

ARLEQUIN.

Vous me ruineriez, Monsieur ; il ne me
donneroit plus rien , ce charmant petit
semblant d'homme ; & je l'aime trop pour
le fâcher.

LELIO.

Ce petit semblant d'homme ! Que veut-
il dire ! & que signifie son transport ? En
quoi le trouves-tu donc plus charmant
qu'un autre ?

ARLEQUIN.

Ah, Monsieur ! on ne voit point d'homme comme lui ; il n'y en a point dans le
monde, c'est folie que d'en chercher : mais
sa mascarade empêche de voir cela.

LELIO.

Sa mascarade ! ce qu'il me dit là me
fait naître une pensée que toutes mes réflexions fortifient : le Chevalier a de certains traits, un certain minois... Mais voici Trivelin ; je veux le forcer à me dire

la vérité, s'il la fçait ; j'en tirerai meilleure raifon que de ce butor-là. *A Arlequin.*
Va-t'en ; je tâcherai de te faire ravoir ton
argent. *Arlequin part en lui baifant la main
& fe plaignant.*

SCENE II.
LELIO, TRIVELIN.

TRIVELIN *entre en rêvant ; & voyant
Lelio , il dit à part:*

VOici ma mauvaife paye : la phyfionomie de cet homme-là m'eft devenuë fâcheufe ; promenons-nous d'un autre
côté.

LELIO *l'appelle.*
Trivelin, je voudrois bien te parler.

TRIVELIN.
A moi, Monfieur ? ne pourriez-vous
pas remettre cela ? j'ai actuellement un
mal de tête qui ne me permet de converfa-
tion avec perfonne.

LELIO.
Bon, bon, c'eft bien à toi à prendre
garde à un petit mal de tête : approche.

TRIVELIN.
Je n'ai ma foi rien de nouveau à vous
apprendre au moins.

I ij

LELIO va à lui, & le prenant par
le bras.

Viens donc.

TRIVELIN.

Eh bien, de quoi s'agit-il? Vous re-
procheriez-vous la récompenſe que vous
m'avez donnée tantôt? Je n'ai jamais vu
de bienfait dans ce goût-là; voulez-vous
rayer ce petit trait-là de votre vie? tenez
ce n'eſt qu'une vétille; mais les vétilles
gâtent tout.

LELIO.

Ecoute, ton verbiage me déplaît.

TRIVELIN.

Je vous diſois bien que je n'étois pas en
état de paroître en compagnie.

LELIO.

Et je veux que tu répondes poſitive-
ment à ce que je te demanderai : je régle-
rai mon procédé ſur le tien.

TRIVELIN.

Le vôtre ſera donc court; car le mien
ſera bref. Je n'ai vaillant qu'une replique,
qui eſt, que je ne ſçais rien : vous voyez
bien que je ne vous ruinerai pas en in-
terrogation.

LELIO.

Si tu me dis la vérité, tu n'en ſeras pas
fâché.

TRIVELIN.

Sçauriez-vous encore quelques coups de bâton à m'épargner ?

LELIO, *fierement.*

Finiſſons.

TRIVELIN, *s'en allant.*

J'obéis.

LELIO.

Où vas-tu ?

TRIVELIN.

Pour finir une converſation, il n'y a rien de mieux que de la laiſſer là ; c'eſt le plus court, ce me ſemble.

LELIO.

Tu m'impatientes, & je commence à me fâcher. Tiens-toi là; écoute, & me réponds.

TRIVELIN, *à part.*

A qui en a ce diable d'homme-là ?

LELIO.

Je crois que tu jure entre tes dents ?

TRIVELIN.

Cela m'arrive quelquefois par diſtraction.

LELIO.

Crois-moi, traitons avec douceur enſemble, Trivelin, je t'en prie.

TRIVELIN.

Oui-dà, comme il convient à d'honnêtes gens.

LELIO.

Y a-t'il long-tems que tu connois le Chevalier ?

TRIVELIN.

Non ; c'eſt une nouvelle connoiſſance ; la vôtre & la mienne ſont de la même date.

LELIO.

Sçais-tu qui il eſt ?

TRIVELIN.

Il ſe dit cadet d'un aîné Gentilhomme ; mais les titres de cet aîné, je ne les ai point vus : ſi je les vois jamais, je vous en promets copie.

LELIO.

Parle-moi à cœur ouvert.

TRIVELIN.

Je vous la promets, vous dis-je, je vous en donne ma parole ; il n'y a point de ſûreté de cette force-là nulle part.

LELIO.

Tu me caches la vérité ; le nom de Chevalier qu'il porte eſt un faux nom.

TRIVELIN.

Seroit-il l'aîné de ſa famille ? Je l'ai cru réduit à une légitime : voyez ce que c'eſt.

LELIO.

Tu bats la campagne : ce Chevalier mal nommé, avouë-moi que tu l'aimes.

TRIVELIN.

Eh ! je l'aime par la régle générale qu'il faut aimer tout le monde : voilà ce qui le tire d'affaire auprès de moi.

LELIO.

Tu t'y ranges avec plaisir, à cette régle-là.

TRIVELIN.

Ma foi, Monsieur, vous vous trompez ; rien ne me coûte tant que mes devoirs : plein de courage pour les vertus inutiles, je suis d'une tiédeur pour les nécessaires qui passe l'imagination : qu'est-ce que c'est que nous ! N'êtes-vous pas comme moi, Monsieur ?

LELIO, *avec dépit.*

Fourbe, tu as de l'amour pour ce faux Chevalier.

TRIVELIN.

Doucement, Monsieur : diantre ! ceci est sérieux.

LELIO.

Tu sçais quel est son sexe.

TRIVELIN.

Expliquons-nous : de sexe, je n'en connois que deux ; l'un qui se dit raisonnable, l'autre qui nous prouve que cela n'est pas vrai : duquel des deux le Chevalier est-il ?

I iiij

LELIO, *le prenant par le bouton.*

Puisque tu m'y forces, ne perds rien de ce que je vais te dire. Je te ferai périr sous le bâton, si tu me joüe davantage : m'entends-tu ?

TRIVELIN.

Vous êtes clair.

LELIO.

Ne m'irrite point ; j'ai dans cette affaire-ci un intérêt de la derniere conséquence ; il y va de ma fortune : & tu parleras, ou je te tuë.

TRIVELIN.

Vous me tuerez si je ne parle ? Hélas ! Monsieur, si les babillards ne mourroient point, je serois éternel, ou personne ne le seroit.

LELIO.

Parle donc.

TRIVELIN.

Donnez-moi un sujet ; quelque petit qu'il soit, je m'en contente, & j'entre en matiere.

LELIO, *tirant son épée.*

Ah, tu ne veux pas ! voici qui te rendra plus docile.

TRIVELIN, *faisant l'effrayé.*

Fy donc ! Sçavez-vous bien que vous

me feriez peur, fans votre phyfionomie d'honnête homme.

LELIO, *le regardant.*

Coquin que tu es!

TRIVELIN.

C'eft mon habit qui eft un coquin; pour moi, je fuis un brave homme : mais avec cet équipage-là, on a de la probité en pure perte; cela ne fait ni honneur ni profit.

LELIO, *remettant fon épée.*

Va, je tâcherai de me paffer de l'aveu que je te demandois : mais je te trouverai; & tu me répondras de ce qui m'arrivera de fâcheux.

TRIVELIN.

En quelque endroit que nous nous rencontrions, Monfieur, je fçais ôter mon chapeau de bonne grace, je vous en garantis la preuve; & vous ferez content de moi.

LELIO, *en colere.*

Retire-toi.

TRIVELIN, *s'en allant.*

Il y a une heure que je vous l'ai propofé.

SCENE III.
LE CHEVALIER, LELIO
rêveur.

LE CHEVALIER.

EH bien mon ami, la Comtesse écrit actuellement des lettres pour Paris : elle descendra bien-tôt, & veut se promener avec moi, m'a-t'elle dit. Sur cela, je viens t'avertir de ne nous pas interrompre quand nous serons ensemble, & d'aller bouder d'un autre côté, comme il appartient à un jaloux. Dans cette conversation-ci, je vais mettre la derniere main à notre grand œuvre, & achever de la résoudre. Mais je voudrois que toutes tes espérances fussent remplies : & j'ai songé à une chose ; le dédit que tu as d'elle est-il bon ? Il y a des dédits mal conçus & qui ne servent de rien : montre-moi le tien, je m'y connois ; en cas qu'il y manquât quelque chose, on pourroit prendre des mesures.

LELIO, *à part.*
Tâchons de le démasquer.

LE CHEVALIER.
Réponds-moi donc : A qui en as-tu ?

LELIO.

Je n'ai point le dédit fur moi : Mais parlons d'autre chofe.

LE CHEVALIER.

Qu'y a-t'il de nouveau ? Songes-tu encore à me faire époufer quelque autre femme avec la Comteffe ?

LELIO.

Non. Je penfe à quelque chofe de plus férieux ; je veux me couper la gorge.

LE CHEVALIER.

Diantre ! quand tu te mêles du férieux, tu le traites à fond : & que t'a fait ta gorge, pour la couper ?

LELIO.

Point de plaifanterie.

LE CHEVALIER.

A part. Arlequin auroit-il parlé ! *A Lelio.* Si ta réfolution tient, tu me feras ton légataire, peut-être ?

LELIO.

Vous ferez de la partie dont je parle.

LE CHEVALIER.

Moi ! je n'ai rien à reprocher à ma gorge ; & fans vanité, je fuis content d'elle.

LELIO.

Et moi, je ne fuis point content de vous ; & c'eft avec vous que je veux m'égorger.

LE CHEVALIER.

Avec moi?

LELIO.

Vous-même.

LE CHEVALIER, *riant & le poussant de la main.*

Ah, ah, ah, ah! Va te mettre au lit & te faire saigner; tu es malade.

LELIO.

Suivez-moi.

LE CHEVALIER, *lui tâtant le pouls.*

Voilà un pouls qui dénote un transport au cerveau; il faut que tu ayes reçu un coup de soleil.

LELIO.

Point tant de raisons; suivez-moi, vous dis-je.

LE CHEVALIER.

Encore un coup, va te coucher, mon ami.

LELIO.

Je vous regarde comme un lâche, si vous ne marchez.

LE CHEVALIER, *avec pitié.*

Pauvre homme! après ce que tu me dis-là, tu es du moins heureux de n'avoir plus le bon sens.

LELIO.

Oüi, vous êtes aussi poltron qu'une femme.

LE CHEVALIER.

A part. Tenons ferme. *A Lelio.* Lelio,
je vous croi malade; tant pis pour vous,
si vous ne l'êtes pas.

LELIO, *avec dédain.*

Je vous dis que vous manquez de cœur,
& qu'une quenoüille siéroit mieux à votre
côté qu'une épée.

LE CHEVALIER.

Avec une quenoüille, mes pareils vous
battroient encore.

LELIO.

Oui, dans une ruelle.

LE CHEVALIER.

Par-tout. Mais ma tête s'échauffe; vé-
rifions un peu votre état. Regardez-moi
entre deux yeux: je crains encore que ce
ne soit un accès de fiévre. Voyons. *Lelio*
le regarde. Oui, vous avez quelque chose
de fou dans le regard; & je n'ai pû m'y
tromper. Allons, allons: mais que je sçache du moins en vertu de quoi je vais vous
rendre sage.

LELIO.

Non; passons dans ce petit bois, je vous
le dirai là.

LE CHEVALIER.

Hâtons-nous donc. *à part.* S'il me voit
résoluë, il sera peut-être poltron. *Ils mar-*

tous deux. Quand ils font prêts de fortir du Théâtre, L E L I O fe retourne, regarde le Chevalier, & dit :

Vous me fuivez donc ?

LE CHEVALIER.

Qu'appellez-vous, je vous fuis ! qu'eft-ce que cette réflexion ? Eft-ce qu'il vous plairoit à préfent de prendre le tranfport au cerveau pour excufe. Oh ! il n'eft plus tems : raifonnable ou fou, malade ou fain, marchez, je veux filer ma quenouille ; je vous arracherois morbleu d'entre les mains des Médecins, voyez-vous. Pourfuivons.

L E L I O, *le regardant avec attention.*

C'eft donc tout de bon ?

LE CHEVALIER.

Ne nous amufons point, vous dis-je; vous devriez être expédié.

L E L I O, *revenant au Théâtre.*

Doucement , mon ami ; expliquons-nous à préfent.

LE CHEVALIER, *lui ferrant la main.*

Je vous regarde comme un ladre, fi vous héfitez davantage.

L E L I O, *à part.*

Je me fuis ma foi trompé ; c'eft un Chevalier, & des plus réfolus.

LE CHEVALIER.

Vous êtes plus poltron qu'une femme.

LELIO.

Parbleu, Chevalier, je t'en ai cru une ;
voilà la vérité. De quoi t'avifes-tu auffi
d'avoir un vifage à toilette ? il n'y a point
de femme à qui ce vifage-là n'allât comme
un charme : tu es mafqué en coquette.

LE CHEVALIER.

Mafque vous-même : vîte au bois.

LELIO.

Non, je ne voulois faire qu'une épreu-
ve. Tu as chargé Trivelin de donner
de l'argent à Arlequin, je ne fçai pourquoi.

LE CHEVALIER, *férieufement.*

Parce qu'étant feul, il m'avoit entendu
dire quelque chofe de notre projet qu'il
pouvoit rapporter à la Comteffe ; voilà
pourquoi, Monfieur. . . .

LELIO.

Je ne devinois pas. Arlequin m'a tenu
auffi des difcours qui fignifioient que tu
étois fille ; ta beauté me l'a fait d'abord
foupçonner : mais je me rends. Tu es
beau, & encore plus brave : embraffons-
nous, & reprenons notre intrigue.

LE CHEVALIER.

Quand un homme comme moi eft en
train, il a de la peine à s'arrêter.

LELIO.

Tu as encore cela de commun avec la femme.

LE CHEVALIER.

Quoiqu'il en ſoit, je ne ſuis curieux de tuer perſonne : je vous paſſe votre mépriſe ; mais elle vaut bien une excuſe.

LELIO.

Je ſuis ton ſerviteur, Chevalier ; & je te prie d'oublier mon incartade.

LE CHEVALIER.

Je l'oublie, & ſuis ravi que notre réconciliation m'épargne une affaire épineuſe, & ſans doute un homicide : notre duel étoit poſitif ; & ſi j'en fais jamais un, il n'aura rien à démêler avec les Ordonnances.

LELIO.

Ce ne ſera pas avec moi, je t'en aſſure.

LE CHEVALIER.

Non, je te le promets.

LELIO, *lui donnant la main.*

Touche-là : je t'en garantis autant.

Arlequin arrive & ſe trouve là.

SCENE IV.

SCENE IV.

LE CHEVALIER, LELIO, ARLEQUIN.

ARLEQUIN.

JE vous demande pardon, si je vous suis importun, Monsieur le Chevalier ; mais ce larron de Trivelin ne veut pas me rendre l'argent que vous lui avez donné pour moi : j'ai pourtant été bien discret. Vous m'avez ordonné de ne pas dire que vous étiez fille : demandez à Monsieur Lelio si je lui en ai dit un mot. Il n'en sçait rien ; & je ne lui apprendrai jamais.

LE CHEVALIER, *étonné*.

Peste soit du faquin ! je n'y sçaurois plus tenir.

ARLEQUIN, *tristement*.

Comment, faquin ! c'est donc comme cela que vous m'aimez ? *à Lelio*. Tenez, Monsieur, écoutez mes raisons : Je suis venu tantôt, que Trivelin lui disoit, Que tu es charmante, ma poule ! Baise-moi ; Non ; Donnes-moi donc de l'argent. Ensuite il a avancé la main pour prendre cet argent : mais la mienne étoit là ; & il est tombé dedans. Quand le Chevalier a vu

La Fausse Suivante. K

que j'étois là, Mon fils, m'a-t'il dit, n'apprends pas au monde que je suis une fillette. Non, mamour ; mais donnez-moi votre cœur. Prends, a-t'elle repris. Ensuite elle a dit à Trivelin de me donner de l'or, Nous avons été boire ensemble, le cabaret en est témoin ; & je reviens exprès pour avoir l'or & le cœur ; & voilà qu'on m'appelle un faquin ! *Le Chevalier rêve.*

LELIO.

Va-t'en, laisse-nous, & ne dis mot à personne.

ARLQUIN *sort.*

Ayez donc soin de mon bien. Hé, hé, hé !

SCENE V.

LE CHEVALIER, LELIO.

LELIO.

EH bien, Monsieur le Duéliste, qui se battra sans blesser les Ordonnances, je vous crois ; qu'avez-vous à me répondre ?

LE CHEVALIER.

Rien. Il ne ment pas d'un mot.

LELIO.

Vous voilà bien déconcertée, ma mie.

LE CHEVALIER.

Moi déconcertée ! pas un petit brin, graces au ciel : Je suis une femme ; & je soutiendrai mon caractere.

LELIO.

Ah, ah ! il s'agit de sçavoir à qui vous en voulez ici.

LE CHEVALIER.

Avouez que j'ai du guignon. J'avois bien conduit tout cela ; rendez-moi justice : je vous ai fait peur avec mon minois de coquette ; c'est le plus plaisant.

LELIO.

Venons au fait : J'ai eu l'imprudence de vous ouvrir mon coeur.

LE CHEVALIER.

Qu'importe, je n'ai rien vu dedans qui me fasse envie.

LELIO.

Vous sçavez mes projets.

LE CHEVALIER.

Qui n'avoient pas besoin d'un confident comme moi, n'est-il pas vrai ?

LELIO.

Je l'avouë.

LE CHEVALIER.

Ils sont pourtant beaux : J'aime sur tout cet hermitage & cette laideur immanquable dont vous gratifierez votre épouse

K ij

quinze jours après votre mariage ; il n'y
a rien de tel.

LELIO.

Votre mémoire est fidelle : mais passons.
Qui êtes-vous ?

LE CHEVALIER.

Je suis fille, assez jolie comme vous
voyez, & dont les agrémens seront de
quelque durée, si je trouve un mari qui
me sauve le désert & le terme des quinze
jours : voilà ce que je suis ; & par dessus le
marché, presque aussi méchante que vous.

LELIO.

Oh ! pour celui-là, je vous le céde.

LE CHEVALIER.

Vous avez tort ; vous méconnoissez vos
forces.

LELIO.

Qu'êtes-vous venu faire ici ?

LE CHEVALIER.

Tirer votre portrait, afin de le porter à
certaine Dame qui l'attend pour sçavoir
ce qu'elle fera de l'original.

LELIO.

Belle mission !

LE CHEVALIER.

Pas trop laide : Par cette mission-là,
c'est une tendre brebis qui échappe au loup,
& douze mille livres de rente de sauvées,

qui prendront parti ailleurs : petites bagatelles, qui valoient bien la peine d'un déguisement.

LELIO, *intrigué.*

Qu'est-ce que c'est que tout cela signifie ?

LE CHEVALIER.

Je m'explique : La brebis, c'est ma Maîtresse ; les douze mille livres de rente,
c'est son bien, qui produit ce calcul si raisonnable de tantôt ; & le loup qui eût dé-
voré tout cela, c'est vous, Monsieur.

LELIO.

Ah! je suis perdu.

LE CHEVALIER.

Non : vous manquez votre proye, voilà tout : il est vrai qu'elle étoit assez bonne ; mais aussi pourquoi êtes-vous loup ?
ce n'est pas ma faute. On a sçu que vous
étiez à Paris incognito ; on s'est défié de
votre conduite. Là-dessus on vous suit ;
on sçait que vous êtes au bal ; j'ai de l'esprit & de la malice, on m'y envoye ; on
m'équique comme vous me voyez pour
me mettre à portée de vous connoître :
j'arrive, je fais ma charge, je deviens votre ami, je vous connois, je trouve que
vous ne valez rien : j'en rendrai compte ;
il n'y a pas un mot à redire.

LELIO.

Vous êtes donc la femme de chambre de la Demoiselle en question ?

LE CHEVALIER.

Et votre très-humble servante.

LELIO.

Il faut avouer que je suis bien malheureux !

LE CHEVALIER.

Et moi bien adroite. Mais, dites-moi, vous repentez-vous du mal que vous vouliez faire, ou de celui que vous n'avez pas fait ?

LELIO.

Laissons cela. Pourquoi votre malice m'a-t'elle encore ôté le cœur de la Comtesse ? Pourquoi consentir à jouer auprès d'elle le personnage que vous y faites ?

LE CHEVALIER.

Pour d'excellentes raisons. Vous cherchiez à gagner dix mille écus avec elle, n'est-ce pas ? Pour cet effet, vous réclamiez mon industrie : & quand j'aurois conduit l'affaire près de sa fin, avant de terminer je comptois de vous rançonner un peu, & d'avoir ma part au pillage, ou bien de tirer finement le dédit d'entre vos mains, sous prétexte de le voir, pour vous le revendre une centaine de pistoles

payées comptant, ou en billets payables
au porteur, fans quoi j'aurois menacé de
vous perdre auprès des douze mille livres
de rente, & de réduire votre calcul à ze-
ro. Oh! mon projet étoit fort bien entendu : Moi payée, crac, je décampois
avec mon petit gain, & le portrait qui
m'auroit encore valu quelque petit re-
venant-bon auprès de ma Maîtreſſe : tout
cela joint à mes petites œconomies, tant
ſur mon voyage que ſur mes gages, je de-
venois, avec mes agrémens, un petit parti
d'aſſez bonne défaite, ſauf le loup. J'ai
manqué mon coup, j'en ſuis bien fâchée :
cependant vous me faites pitié, vous.

LELIO.
Ah! ſi tu voulois. . . .

LE CHEVALIER.
Vous vient-il quelque idée? cherchez.

LELIO.
Tu gagnerois encore plus que tu n'eſpé-
rois.

LE CHEVALIER.
Tenez, je ne fais point l'hypocrite ici;
je ne ſuis pas, non plus que vous, à un
tour de fourberie près; je vous ouvre auſſi
mon cœur; je ne crains pas de ſcandaliſer
le vôtre; & nous ne nous ſoucierons pas

de nous eftimer ; ce n'eft pas la peine entre
gens de notre caractere : Pour conclufion,
faites ma fortune ; & je dirai que vous êtes
un honnête homme. Mais convenons de
prix pour l'honneur que je vous fourni-
rai : il vous en faut beaucoup.

LELIO.

Eh ! demande-moi ce qu'il te plaira, je
te l'accorde.

LE CHEVALIER.

Motus au moins ; gardez-moi un fecret
éternel. Je veux deux mille écus, je n'en
rabattrois pas un fol ; moyennant quoi,
je vous laiffe ma Maîtreffe, & j'achève
avec la Comteffe. Si nous nous accom-
modons, dès ce foir, j'écris une lettre à
Paris, que vous dicterez vous - même:
vous vous y ferez tout auffi beau qu'il
vous plaira , je vous mettrai à même.
Quand le mariage fera fait , devenez ce
que vous pourrez, je ferai nantie & vous
auffi , les autres prendront patience.

LELIO.

Je te donne les deux mille écus, avec
mon amitié.

LE CHEVALIER.

Oh ! pour cette nippe-là , je vous la
troquerai contre cinquante piftoles, fi vous
voulez.

LELIO.

LELIO.

Contre cent, ma chere fille.

LE CHEVALIER.

C'eſt encore mieux ; j'avouë même qu'elle ne les vaut pas.

LELIO.

Allons, ce ſoir nous écrirons.

LE CHEVALIER.

Oui. Mais mon argent, quand me le donnerez-vous ?

LELIO *tire une bague.*

Voici une bague pour les cent piſtoles du troc d'abord.

LE CHEVALIER.

Bon. Venons aux deux mille écus.

LELIO.

Je te ferai mon billet tantôt.

LE CHEVALIER.

Oui, tantôt ! Madame la Comteſſe va venir ; & je ne veux point finir avec elle que je n'aye toutes mes ſûretés. Mettez-moi le dédit en main ; je vous le rendrai tantôt pour votre billet.

LELIO *le tirant.*

Tiens, le voilà.

LE CHEVALIER.

Ne me trahiſſez jamais.

LELIO.

Tu es folle.

La Fauſſe Suivante. L

LE CHEVALIER.

Voici la Comtesse. Quand j'aurai été quelque tems avec elle, revenez en colere la presser de décider hautement entre vous & moi ; & allez-vous-en, de peur qu'elle ne nous voye ensemble.

SCENE VI.

LA COMTESSE, LE CHEVALIER.

LE CHEVALIER.

J'Allois vous trouver, Comtesse.

LA COMTESSE.

Vous m'avez inquiétée, Chevalier : J'ai vu de loin Lelio vous parler ; c'est un homme emporté ; n'ayez point d'affaire avec lui, je vous prie.

LE CHEVALIER.

Ma foi, c'est un original. Sçavez-vous qu'il se vante de vous obliger à me donner mon congé ?

LA COMTESSE.

Lui ! s'il se vantoit d'avoir le sien, cela seroit plus raisonnable.

LE CHEVALIER.

Je lui ai promis qu'il l'auroit, & vous dégagerez ma parole : il est encore de bonne heure ; il peut gagner Paris, & y arriver au foleil couchant : expédions-le, ma chere ame.

LA COMTESSE.

Vous n'êtes qu'un étourdi, Chevalier ; vous n'avez pas de raifon.

LE CHEVALIER.

De la raifon ! que voulez-vous que j'en faffe avec de l'amour ? Il va trop fon train pour elle. Eft-ce qu'il vous en refte encore de la raifon, Comteffe ? me feriez-vous ce chagrin-là ? Vous ne m'aimeriez guéres.

LA COMTESSE.

Vous voilà dans vos petites folies : vous fçavez qu'elles font aimables ; & c'eft ce qui vous raffure : il eft vrai que vous m'amufez. Quelle différence de vous à Lelio, dans le fond !

LE CHEVALIER.

Oh ! vous ne voyez rien. Mais revenons à Lelio : Je vous difois de le renvoyer aujourd'hui ; l'amour vous y condamne ; il parle, il faut obéir.

LA COMTESSE.

Eh bien, je me révolte : qu'en arrivera-t'il ?

LE CHEVALIER.

Non : vous n'oferiez.

LA COMTESSE.

Je n'oferois ? Mais voyez avec quelle

L ij

hardiesse il me dit cela!

LE CHEVALIER.

Non, vous dis-je, je suis sûr de mon fait; car vous m'aimez; votre cœur est à moi; j'en ferai ce que je voudrai, comme vous ferez du mien ce qu'il vous plaira: c'est la régle; & vous l'observerez, c'est moi qui vous le dis.

LA COMTESSE.

Il faut avouer que voilà un fripon bien sûr de ce qu'il vaut. Je l'aime; mon cœur est à lui! Il vous dit cela avec une aisance admirable: on ne peut pas être plus persuadé qu'il l'est.

LE CHEVALIER.

Je n'ai pas le moindre petit doute; c'est une confiance que vous m'avez donnée; & j'en use sans façon, comme vous voyez; & je conclus toujours que Lelio partira.

LA COMTESSE.

Eh! vous n'y songez pas. Dire à un homme qu'il s'en aille!

LE CHEVALIER.

Me refuser son congé, à moi qui le demande, comme s'il ne m'étoit pas dû?

LA COMTESSE.

Badin!

LE CHEVALIER.

Tiéde amante!

LA COMTESSE.

Petit tyran !

LE CHEVALIER.

Cœur révolté, vous rendrez-vous ?

LA COMTESSE.

Je ne sçaurois, mon cher Chevalier;
j'ai quelques raisons pour en agir plus
honnêtement avec lui.

LE CHEVALIER.

Des raisons, Madame, des raisons ! &
qu'est-ce que c'est que cela ?

LA COMTESSE.

Ne vous allarmez point ; c'est que je
lui ai prêté de l'argent.

LE CHEVALIER.

Eh bien ! vous en auroit-il fait une re-
connoissance qu'on n'ose montrer en Justice ?

LA COMTESSE.

Point du tout ; j'en ai son billet.

LE CHEVALIER.

Joignez-y un Sergent, vous voilà payée.

LA COMTESSE.

Il est vrai ; mais. . . .

LE CHEVALIER.

Hay ! hay ! voilà un mais qui a l'air
honteux.

LA COMTESSE.

Que voulez-vous donc que je vous di-
L iij

se? Pour m'affurer de cet argent-là, j'ai confenti que nous fiffions lui & moi un dédit de la fomme.

LE CHEVALIER.

Un dédit, Madame! Ah! c'eft un vrai tranfport d'amour que ce dédit-là; c'eft une faveur, il me pénétre; il me trouble; je ne fuis pas le maître.

LA COMTESSE.

Ce miférable dédit, pourquoi faut-il que je l'aye fait? Voilà ce que c'eft que ma facilité pour un homme haiffable, que j'ai toujours deviné que je haïrois : j'ai toujours eu certaine antipatie pour lui, & je n'ai jamais eu l'efprit d'y prendre garde.

LE CHEVALIER.

Ah, Madame! il s'eft bien accommodé de cette antipatie-là : il en a fait un amour bien tendre! Tenez, Madame, il me femble que je le vois à vos genoux; que vous l'écoutez avec plaifir; qu'il vous jure de vous adorer toujours; que vous le payez du même ferment; que fa bouche cherche la vôtre, & que la vôtre fe laiffe trouver, car voilà ce qui arrive : enfin je vous vois foupirer, je vois vos yeux s'arrêter fur lui, tantôt vifs, tantôt languif-fans, toujours pénétrés d'amour, & d'un

amour qui croît toujours ; & moi je me
meurs : ces objets-là me tuent;comment ferai-je pour les perdre de vuë?Cruel dédit !
te verrai-je toujours ? qu'il me va coûter
de chagrins, & qu'il me fait dire de folies !

LA COMTESSE.

Courage, Monſieur, rendez-nous tous
deux la victime de vos chimeres. Que je
ſuis malheureuſe, d'avoir parlé de ce maudit dédit ! Pourquoi faut-il que je vous aye
cru raiſonnable ? Pourquoi vous ai-je vu ?
Eſt-ce que je mérite tout ce que vous me
dites? Pouvez-vous vous plaindre de moi?
ne vous aimai-je pas aſſez ? Lelio doit-il
vous chagriner ? l'ai-je aimé autant que je
vous aime ? Où eſt l'homme plus chéri
que vous l'êtes ? plus ſûr, plus digne de
l'être toujours ? Et rien ne vous perſuade ;
& vous vous chagrinez ; vous n'entendez
rien ; vous me déſolez : que voulez-vous
que nous devenions ? comment vivre avec
cela ? dites-moi donc.

LE CHEVALIER à part.

Le ſuccès de mes impertinences me ſur-
prend. *haut.* C'en eſt fait, Comteſſe, votre
douleur me rend mon repos & ma joye :
combien de choſes tendres ne venez-vous
pas de me dire ? Cela eſt inconcevable : je
ſuis charmé : reprenons notre humeur gaye;

allons, oublions tout ce qui s'eft paffé.

LA COMTESSE.

Mais pourquoi eft-ce que je vous aime tant ? qu'avez-vous fait pour cela ?

LE CHEVALIER.

Hélas ! moins que rien ; tout vient de votre bonté.

LA COMTESSE.

C'eft que vous êtes plus aimable qu'un autre apparemment.

LE CHEVALIER.

Pour tout ce qui n'eft pas comme vous, je le ferois peut-être affez ; mais je ne fuis rien pour ce qui vous reffemble : non, je ne pourrai jamais payer votre amour; en vérité je n'en fuis pas digne.

LA COMTESSE.

Comment donc faut-il être fait pour le mériter ?

LE CHEVALIER.

Oh ! voilà ce que je ne vous dirai pas.

LA COMTESSE.

Aimez-moi toujours ; & je fuis contente.

LE CHEVALIER.

Pourrez-vous foutenir un goût fi fobre ?

LA COMTESSE.

Ne m'affligez plus ; tout ira bien.

LE CHEVALIER.

Je vous le promets : mais que Lelio s'en aille.

LA COMTESSE.

J'aurois fouhaité qu'il prît fon parti de lui-même, à caufe du dédit ; ce feroit dix mille écus que je vous fauverois, Chevalier ; car enfin, c'eft votre bien que je ménage.

LE CHEVALIER.

Périffent tous les biens du monde, & qu'il parte : rompez avec lui la premiere ; voilà mon bien.

LA COMTESSE.

Faites-y réflexion.

LE CHEVALIER.

Vous héfitez encore ; vous avez peine à me le facrifier ? Eft-ce là comme on aime ? Oh ! qu'il vous manque encore de chofes, pour ne laiffer rien à fouhaiter à un homme comme moi !

LA COMTESSE.

Eh bien, il ne me manquera plus rien ; confolez-vous.

LE CHEVALIER.

Il vous manquera toujours pour moi.

LA COMTESSE.

Non, je me rends ; je renverrai Lelio ; & vous dicterez fon congé.

LE CHEVALIER.

Lui direz-vous qu'il se retire sans cérémonie?

LA COMTESSE.

Oui.

LE CHEVALIER.

Non, ma chere Comtesse, vous ne le
renverrez pas; il me suffit pas que vous y
consentiez; votre amour est à toute épreu-
ve; & je dispense votre politesse d'aller
plus loin; c'en seroit trop : c'est à moi à
avoir soin de vous, quand vous vous oubliez pour moi.

LA COMTESSE.

Je vous aime : cela veut tout dire.

LE CHEVALIER.

M'aimer, cela n'est pas assez, Comtesse;
distinguez-moi un peu de Lelio, à qui vous
l'avez dit peut-être aussi.

LA COMTESSE.

Que voulez-vous donc que je vous di-
se?

LE CHEVALIER.

Un je vous adore, aussi-bien il vous
échappera demain : avancez-le-moi d'un
jour; contentez ma petite fantaisie : dites.

LA COMTESSE.

Je veux mourir s'il ne me donne envie de le dire. Vous devriez être hon-

teux d'exiger cela au moins.

LE CHEVALIER.

Quand vous me l'aurez dit, je vous en demanderai pardon.

LA COMTESSE.

Je crois qu'il me perſuadera.

LE CHEVALIER.

Allons, mon cher amour, régalez ma tendreſſe de ce petit trait-là; vous ne riſquez rien avec moi : laiſſez ſortir ce mot-là de votre belle bouche ; voulez-vous que je lui donne un baiſer pour l'encourager ?

LA COMTESSE.

Ah, çà ! laiſſez-moi : ne ſerez-vous jamais content ? Je ne vous plaindrai rien quand il en ſera tems.

LE CHEVALIER.

Vous êtes attendrie, profitez de l'inſtant ; je ne veux qu'un mot : voulez-vous que je vous aide ; dites comme moi : Chevalier, je vous adore.

LA COMTESSE.

Chevalier, je vous adore. Il me fait faire tout ce qu'il veut.

LE CHEVALIER *à part.*

Mon ſexe n'eſt pas mal foible. *haut.* Ah ! que j'ai de plaiſir, mon cher amour ! Encore une fois.

LA COMTESSE.

Soit : mais ne me demandez plus rien après.

LE CHEVALIER.

Hé, que craignez-vous que je vous demande ?

LA COMTESSE.

Que sçai-je, moi ? Vous ne finissez point. Taisez-vous.

LE CHEVALIER.

J'obéis, je suis de bonne composition ; & j'ai pour vous un respect que je ne sçaurois violer.

LA COMTESSE.

Je vous épouse : en est-ce assez ?

LE CHEVALIER,

Bien plus qu'il ne me faut, si vous me rendez justice.

LA COMTESSE.

Je suis prête à vous jurer une fidélité éternelle ; & je perds les dix mille écus de bon cœur.

LE CHEVALIER,

Non, vous ne les perdrez point, si vous faites ce que je vais vous dire. Lelio viendra certainement vous presser d'opter entre lui & moi ; ne manquez pas de lui dire que vous consentez à l'épouser ; je veux que vous le connoissiez à fond ; laissez-moi vous conduire, & fauvons le dédit: vous verrez ce que c'eſt que cet homme-là. Le voici; je n'ai pas le tems de m'expliquer davantage.

LA COMTESSE.

J'en agirai comme vous le fouhaitez.

SCENE VII.

LELIO, LA COMTESSE, LE CHEVALIER.

LELIO.

PErmettez, Madame, que j'interrom-pe pour un moment votre entretien avec Monſieur. Je ne viens point me plain-dre; & je n'ai qu'un mot à vous dire. J'au-rois cependant un aſſez beau ſujet de par-ler: & l'indifférence avec laquelle vous vivez avec moi, depuis que Monſieur, qui ne me vaut pas. . . . .

LE CHEVALIER.

Il a raiſon.

LELIO.

Finiſſons. Mes reproches font raiſon-nables, mais je vous déplais; je me ſuis promis de me taire, & je me tais quoi qu'il m'en coûte. Que ne pourrois-je pas vous dire: pourquoi me trouvez-vous haïssable ? pourquoi me fuyez-vous ? que vous ai-je fait ? Je suis au désespoir.

LE CHEVALIER.

Ah, ah, ah, ah, ah !

LELIO.

Vous riez, Monsieur le Chevalier; mais vous prenez mal votre tems, & je prendrai le mien pour vous répondre.

LE CHEVALIER.

Ne te fâches point, Lelio. Tu n'avois qu'un mot à dire, qu'un petit mot ; & en voilà plus de cent de bon compte, & rien ne s'avance : cela me réjouit.

LA COMTESSE.

Remettez-vous, Lelio, & dites-moi tranquillement ce que vous voulez ?

LELIO.

Vous prier de m'apprendre qui de nous deux il vous plaît de conserver, de Monsieur ou de moi : prononcez, Madame, mon cœur ne peut plus souffrir d'incertitude.

LA COMTESSE.

Vous êtes vif, Lelio ; mais la cause de votre vivacité est pardonnable, & je vous veux plus de bien que vous ne pensez. Chevalier, nous avons jusqu'ici plaisanté ensemble, il est tems que cela finisse ; vous m'avez parlé de votre amour, je ferois fâchée qu'il fût férieux : je dois ma main à Lelio, & je fuis prête à recevoir la fienne. Vous plaindrez-vous encore?

LELIO.

Non, Madame, vos réfléxions font à mon avantage, & fi j'ofois.....

LA COMTESSE.

Je vous difpenfe de me remercier, Lelio ; je fuis fûre de la joye que je vous donne. *à part.* Sa contenance eft plaifante.

UN VALET.

Voilà une lettre qu'on vient d'apporter de la pofte, Madame.

LA COMTESSE.

Donnez ; voulez-vous bien que je me retire un moment pour la lire ? c'eft de mon frere.

SCENE VIII.
LELIO, LE CHEVALIER.

LELIO.

QUe diantre fignifie cela ? elle me prend au mot : que dites-vous de ce qui fe paffe-là ?

LE CHEVALIER.

Ce que j'en dis ? rien : je crois que je

rêve, & je tâche de me réveiller.

LELIO.

Me voilà en belle posture, avec sa main qu'elle m'offre, que je lui demande avec fracas, & dont je ne me soucie point. Mais ne me trompez-vous point ?

LE CHEVALIER.

Ah ! que dites-vous-là ? Je vous sers loyalement, ou je ne suis pas soubrette ; ce que nous voyons là, peut venir d'une chose : pendant que nous nous parlions, elle me soupçonnoit d'avoir quelque inclination à Paris, je me suis contenté de lui répondre galamment là-dessus ; elle a tout d'un coup pris son sérieux, vous êtes entré sur le champ, & ce qu'elle en fait n'est sans doute qu'un reste de dépit, qui va se passer ; car elle m'aime.

LELIO.

Me voilà fort embarrassé.

LE CHEVALIER.

Si elle continuë à vous offrir sa main, tout le remede que j'y trouve c'est de lui dire que vous l'épouserez, quoique vous ne l'aimiez plus : tournez-lui cette impertinence-là d'une maniere polie : ajoutez que si elle ne veut pas, le dédit sera son affaire.

LELIO.

LELIO.

Il y a bien du bizarre dans ce que tu me proposes là.

LE CHEVALIER.

Du bizarre ? depuis quand êtes-vous si délicat ? Est-ce que vous reculez pour un mauvais procédé de plus qui vous sauve dix mille écus ? Je ne vous aime plus, Madame ; cependant je veux vous épouser : ne le voulez-vous pas ? payez le dédit, donnez-moi votre main ou de l'argent : Voilà tout.

SCENE DERNIERE.

LELIO, LA COMTESSE, LE CHEVALIER.

LA COMTESSE.

Lelio, mon frere ne viendra pas si-tôt ; ainsi il n'est plus question de l'attendre ; & nous finirons quand vous voudrez.

LE CHEVALIER, bas à Lelio.

Courage, encore une impertinence, & puis c'est tout.

LELIO.

Ma foi, Madame, oserai-je vous parler franchement ? je ne trouve plus mon cœur dans sa situation ordinaire.

La Fausse Suivante. M

LA COMTESSE.

Comment donc ? expliquez-vous, ne m'aimez-vous plus ?

LELIO.

Je ne dis pas cela tout-à-fait ; mais mes inquiétudes ont un peu rebuté mon cœur.

LA COMTESSE.

Et que signifie donc ce grand étalage de transports que vous venez de me faire ? Qu'est devenu votre désespoir ? n'étoit-ce qu'une passion de Théâtre ? Il sembloit que vous alliez mourir, si je n'y avois mis ordre. Expliquez-vous, Madame, je n'en puis plus, je souffre. . . . .

LELIO.

Ma foi, Madame, c'est que je croyois que je ne risquerois rien, & que vous me refuseriez.

LA COMTESSE.

Vous êtes un excellent Comédien. Et le dédit, qu'en ferons-nous, Monsieur ?

LELIO.

Nous le tiendrons, Madame ; j'aurai l'honneur de vous épouser.

LA COMTESSE.

Quoi donc ! vous m'épouserez, & vous ne m'aimez plus ?

LELIO.

Cela n'y fait de rien, Madame; cela ne doit pas vous arrêter.

LA COMTESSE.

Allez, je vous méprise, & ne veux point de vous.

LELIO.

Et le dédit, Madame, vous voulez donc bien l'acquitter?

LA COMTESSE.

Qu'entends-je! Lelio, où est la probité?

LE CHEVALIER.

Monsieur ne pourra guéres vous en dire des nouvelles, je ne crois pas qu'elle soit de sa connoissance; mais il n'est pas juste qu'un misérable dédit vous brouille ensemble : tenez, ne vous gênez plus ni l'un ni l'autre, le voilà rompu. Ha, ha, ha!

LELIO.

Ah, fourbe!

LE CHEVALIER.

Ha, ha, ha! consolez-vous, Lelio, il vous reste une Demoiselle de douze mille livres de rente, ha, ha! on vous a écrit qu'elle étoit belle, on vous a trompé; car la voilà, mon visage est l'original du sien.

M ij

LA COMTESSE.

Ah ! jufte ciel !

LE CHEVALIER.

Ma métamorphofe n'eft pas du goût
de vos tendres fentimens, ma chere Comteffe ; je vous aurois mené affez loin, fi
j'avois pû vous tenir compagnie : voilà
bien de l'amour de perdu ; mais en revanche voilà une bonne fomme de fauvée :
je vous conterai le joli petit tour qu'on
vouloit vous jouer.

LA COMTESSE.

Je n'en connois point de plus trifte
que celui que vous me jouez vous-même.

LE CHEVALIER.

Confolez-vous, vous perdez d'aimables efpérances ; je ne vous les avois don-
nées que pour votre bien. Regardez le
chagrin qui vous arrive comme une petite punition de votre inconftance : vous
avez quitté Lelio moins par raifon que
par légéreté, & cela mérite un peu de
correction. A votre égard, Seigneur Lélio, voici votre bague, vous me l'avez
donnée de bon cœur, & j'en difpofe en
faveur de Trivelin & d'Arlequin. Tenez,
mes enfans, vendez cela & partagez-en
l'argent.

TRIVELIN & ARLEQUIN.
Grand merci.

TRIVELIN.
Voici les Muficiens qui viennent vous
donnner la fête qu'ils ont promife.

LE CHEVALIER.
Voyez-la, puifque vous êtes ici : vous
partirez après ; ce fera toujours autant
de pris.

❖❖❖❖❖❖❖❖❖❖❖❖❖❖❖❖❖❖❖❖❖❖❖

DIVERTISSEMENT.

CEt amour dont nos cœurs fe laiffent enflammer,
Ce charme fi touchant, ce doux plaifir d'aimer,
Eft le plus grand des biens que le Ciel nous dif-
  penfe,
  Livrons-nous donc fans réfiftance
  A l'objet qui vient nous charmer.
Au milieu des tranfports dont il remplit notre ame,
Jurons-lui mille fois une éternelle flamme :
Mais n'infpire-t'il plus ces aimables tranfports ?
Trahiffons auffi-tôt nos fermens fans remords.
Ce n'eft plus à l'objet qui ceffe de nous plaire,
Que doivent s'adreffer les fermens qu'on a faits ;
  C'eft à l'Amour qu'on les fit faire,
C'eft lui qu'on a juré de ne quitter jamais.

PREMIER COUPLET.

JUrer d'aimer toute fa vie,
  N'eft pas un rigoureux tourment.
Sçavez-vous ce qu'il fignifie ?
Ce n'eft ni Philis, ni Sylvie,
Que l'on doit aimer conftamment,
C'eft l'objet qui nous fait envie.

DEUXIEME COUPLET.

Amans, fi votre caractere,
Tel qu'il eft, fe montroit à nous,
Quel parti prendre, & comment faire ?
Le célibat eft bien auftére ;
Faudroit-il fe paffer d'Epoux ?
Mais il nous eft trop néceffaire.

TROISIEME COUPLET.

Mefdames, vous allez conclure,
Que tous les hommes font maudits :
Mais doucement & point d'injure ;
Quand nous ferons votre peinture,
Elle eft, je vous en avertis,
Cent fois plus drôle, je vous jure.

FIN.

APPROBATION.

J'Ai lû par Ordre de Monseigneur le Garde des Sceaux, une Comédie qui a pour titre *la Fauffe Suivante, ou le Traître puni*, & j'ai crû que l'impreffion en feroit agréable au Public. Fait à Paris ce fixiéme Août mil fept cent vingt quatre.

DANCHET.

APPROBATION.

J'Ai lû par l'ordre de Monseigneur le Garde des Sceaux, *le nouveau Théâtre Italien*; j'ai examiné en particulier les différentes piéces qui le compofent, & je n'y ai rien trouvé qui puiffe en empêcher l'impreffion. Fait à Paris ce 3 Novembre 1728.

DANCHET.

www.ingramcontent.com/pod-product-compliance
Lightning Source LLC
Chambersburg PA
CBHW051151260626
47170CB00005B/2058